新时代诗库·第二辑

# 镇居者说

张远伦 著

中国言实出版社

图书在版编目（CIP）数据

镇居者说 / 张远伦著 . -- 北京 : 中国言实出版社，
2024.3
ISBN 978-7-5171-4762-6

Ⅰ . ①镇… Ⅱ . ①张… Ⅲ . ①诗集 – 中国 – 当代
Ⅳ. ①I227

中国国家版本馆 CIP 数据核字（2024）第 050845 号

## 镇居者说

责任编辑：郭江妮
责任校对：邱　耿

出版发行：中国言实出版社
　　　　　地　址：北京市朝阳区北苑路180号加利大厦5号楼105室
　　　　　邮　编：100101
　　　　　编辑部：北京市海淀区花园路6号院B座6层
　　　　　邮　编：100088
　　　　　电　话：010-64924853（总编室）　010-64924716（发行部）
　　　　　网　址：www.zgyscbs.cn　电子邮箱：zgyscbs@263.net

经　　销：新华书店
印　　刷：徐州绪权印刷有限公司
版　　次：2024年4月第1版　2024年4月第1次印刷
规　　格：880毫米×1230毫米　1/32　8.5印张
字　　数：135千字

定　　价：58.00元
书　　号：ISBN 978-7-5171-4762-6

# 《新时代诗库》编委会

新时代诗库

张远伦，苗族，1976年生于重庆彭水。一级作家。重庆市作协副主席，重庆文学院专业作家。著有诗集《和长江聊天》《白壁》《逆风歌》等，散文集《野猫与拙石》。获得骏马奖、人民文学奖、诗刊陈子昂青年诗歌奖、徐志摩诗歌奖、谢灵运诗歌奖、李叔同国际诗歌奖、重庆文学奖等。入选诗刊社第32届青春诗会。

Zhang Yuanlun, a chartered ace writer from Miao nationality, was born in 1976 in Pengshui, Chongqing,PRC, is vice Chairman of Chongqing Writers Association and the contracted writer of the Chongqing Academy of Literature.He is the author of poetry collections : "Dialogue with the Yangtze River," "White Jade," "Singing Against the Wind," and the prose collection "Wild Cat and Clumsy Rock." He has won the Steed Award for Ethic Literature in Poetry, the People's Literature Award, the"Poetry Monthly" Chen Zi'ang Poetry Award for youth, the Xu Zhimo Poetry Award and the Xie Lingyun Poetry Award, the Li Shutong International Poetry Award , the Chongqing Literature Award and also been elected the new star of the 32nd "Poetry Monthly" Poetry Salon for Youth .

# 目 录

CONTENTS

**亲情：形而上的暖冬**

## 风光：阅读苍穹和雪

**世态：零点零才是无限的辽阔**

# 似乎他们从未经历过失败

我庆幸自己心中有两个"理想国"，一个是诗歌的圣洁之地，一个是我的家乡。我的家乡郁山镇是一个古镇，史上盛产盐巴，山水也很美。我出生的村子是郁山镇所辖的朱砂村，后来我随父迁居镇上多年。

或许是年岁渐长，工作地远离故土，我会常常回望和审视那里。那些卑微而又倔强的亲人们，那些古老而又丰厚的民俗文化，都让我很沉迷。小镇上的人们，似乎从未经历过失败，尽管他们中很多人命运多舛，他们面对人世是那般积极，常常教育着我这个"失败者"。在镇上，任何一种弱小的事物，无不自带着"善"，任何一个角度，都蕴含着"利他"，这是我镇居生活多年形成的内心微光。这影响到我的诗歌观念：天下诗歌，唯善不破。

当我满怀虔敬地创作"镇居者说"这个大型组诗的时候，我知道，自己的题材体系终于建立起来了。村、镇、城，三级中，镇是重要的一环，起着连接的作用，而又居于中间C位。对我而言，重要性不言而喻。谢谢！

文化

东方美学荡漾在

布面上

# 在小镇煮酒

一个小巧的陶罐，盛得下二两酒的陶罐

腆着小肚腹躺在火炭旁边

玉米酿造的烈酒在陶罐里发热

升温，冒出热气

而那内部小小的沸腾，酒精和水的沸腾

温和而又内敛。沉默的祖父

也听不见丁点酒水的喧哗

他举起陶罐，山羊胡须上

慢慢积聚起蒸馏水的微粒

像是松针上，轻微悬垂的雾凇

他是镇子上用山泉水煮酒的饮者

一生清澈而又常常宿醉

多年后，我也在这里，用词语煮酒

慢慢地呼吸小镇的醇香

此中妙意，须得生死一品

那个放弃把柄，手执罐嘴

把全世界拉近的人，正是我啊

那样子，多像是对命运的冒犯

# 擀酥饼作坊

夜空下的圆饼，一枚紧挨着一枚

把整个院子都占据了

现在，只有浩瀚的天河可与之对应

它们集体发着烫，散布着香

没有一个夜晚能抗拒群星的布局

试问，有哪一枚星辰

能够含在嘴里就渣一般化了

试问，有哪一枚星辰

化了之后还会有嘎嘣脆地回响

山河寂寂，擀酥饼作坊

却在做盛大的造星运动

似乎整个镇子，都在温暖地翻身

当它们渐渐冷却，黑芝麻们

才缓过神来，像星屑黏在嘴唇

怎么也抖不掉，仿佛是我

刚刚亲吻到了深空的北极星

# 苏家刺绣

一个姓氏也可以对我进行审美启蒙

苏，叫出来的唇形，和听到的音韵

都是艺术化的

她家的刺绣

一面一面晾晒在路边，绝对

找不到第二种炫技

这样漫不经心，而又摄人心魄

绣娘隐身，从不以真面目示人

我贫乏的想象力，与神秘

的东方美学，不在同一个荡漾的布面上

也不在同一段悠然的时间里

多年后，刺绣的图案在我的回忆里

模糊成为了水墨，流动

淡然，却捉摸不定

我只会想到翡翠的颜色

陷落在一片墨迹里，像阳光

藏在针眼里，像九十年代的轻风

行走在丝绸上，我途经此地
有了经线遇到纬线时，那种缠绕
也有了一个线头掉转身时
找不到来路的迟疑

# 扣碗

土碗反扣，磕在另一个土碗的边缘

发出的脆响，最是迷人

而愿意静下来，倾听这声音的孩子

必然是敏感的孩子

他能听见粗糙和粗糙，吻合时的叫声

也能听见穷困和穷困，叩击时的低吟

当土碗顶住土碗

两个容器弥合的那一刻

他忍不住，惊喜地共鸣

白生生的三线肉，慵懒地散开

空置下来的土碗露出圆弧形的刻度

托举这些扣碗的母亲，在神往的目光中穿梭

像是精湛的杂技在镇子上演

所有土碗都仿佛镀着薄金

所有穿着釉的人，都有粗陶的本命

流水席上，数百个扣碗

粗鄙的合奏啊，都那么谦逊

# 切三香

绝世的刀法，不是能把三香切得多薄

而是恰到好处的厚

也不是多么均匀，毫厘不差

而是参差不齐，细则厚，粗则薄

大婶娘不读书，不抚琴，不住在竹林里

她不会那些现代社会里拙劣的表演

只会一种表情：近乎木然的微笑

用不屑、怜悯、欣赏和崇拜中的任何一种

你都看不到这种微笑

当你付费，购买这种刀法

或是换取这种三香之外的附加值

是不能如愿的。无论你怎样端详

或是偷师学艺，都不能窃取

这种心灵的秘籍。我确乎是察觉到

这种微笑，和笑意里的庖厨绝技的

却无法转述给你。好吧

请你从视频时代、美颜时代和智能时代的

短视和虚假中拔出来，立定
把她的黝黑当成美的表象，把腕力
和指劲当成美的本质
并把她淳朴的图利看成价值的对等
你才会觉得面前的中年妇女是当代隐侠
一片一片，三香斜斜地倚靠着
刀口光洁得满是善意
"事了拂衣去"，她挽起袖子
并未离去，依旧守着逼仄的摊子
依旧木然对着人世。像市井价值
的最后守护者和代言人，微笑得
那么平静，似乎，从来没有失败过

# 心肺米粉

米粉舒展在汤汁中，让每一个饕客

下嘴之前，都会先端详一阵

线条横陈在细小的切片里？还是

切片幽微地穿行在线条中，这是

想了多次的问题。口腹之欲

与诗意产生关联后，味蕾和消化系统

会产生数倍的愉悦。天刚亮，我

走过长长的老街，在店边的石鼓边

停下来，似乎刚坐定

就有土钵散着热气出现在我面前

熟悉和默契，无需多言

是人际关系中最舒坦的一种

尤其此刻，心片倚靠着肺片

白米粉撩拨着烙米粉

在一排斑驳老旧的木桌上花瓣般展开

人皆隐去，碗却凸显出来

哧溜的声音此起彼伏，和我一样

来自各个小巷里的平民代表

聚集在一起，举行小镇

一天中的首次议事，话语俭省

互不纠缠。碗中空空之后

各自没入巷道中，像从未认识一样

# 烧白

火焰的女儿，极尽丰腴

与神经系统的某处末梢，有隐秘的呼应

你会觉得，素食主义者

是为了逃避这最诱惑的柔软

和白净。它们片片斜躺

在土碗里。初露端倪之前

它们须得完成一次吻合的倒扣

像是在倾尽自己的物欲

把属于精神的空间打开，袒露

而后诗歌节奏一般微微推动

片与片中间露出句子的行距来

像是建立了一个小世界内部

互不过分的伦理秩序

它们纯白地出现，一抿

就化了，你尚未来得及想象

它们的去处，便觉得真有细微的触动

在另一个尚未命名的系统里

构建了出离的你

# 老茶

连黄牯牛这个畜牲都不碰的绿叶

我可以放在嘴里咀嚼很久

苦是好味道

命好的那些嫩叶，会进入茶厂

打成碎末，被机械的唇齿

含成细腻的泥

母亲每年都把清明茶卖到山下

而把采撷回家的老茶叶

晾晒在院坝里

晚上，在铁锅里翻炒

至今我还保留着冲泡老茶叶的习惯

更苦涩，而又更醇厚

一片片在水里舒展开后

清晰的脉络微微浮沉

明亮的锯齿也轻轻挣扎

像极了我迄今为止的前半生

# 观汉礼

我不知道，海棠花是否计算过自己的色谱
是否有着永恒的波长
我不知道，石头是否计错过水面的涨落
是否每一年都为生灵们送来春天
我不知道，陶片是否走出过坟墓
是否为巨大的博物馆带来轻微的颤抖
我不知道，孩子，你的膝盖是否跪在汉朝
是否抵达睡眠着的那一段和平
我只知道，今天，在小镇的中心
阳光像一个白白的主治医生，朝我慢慢走来
然后，一帧一帧地取走我：花朵，波光
火焰，青铜，黄金和信仰，和悬挂着的
孩子浅浅的笑容。当然，我的脑风暴里
大量的涛声如同呼应了一场远古的战争
静下来的时候，只有一片瘠薄的身影在舞剑
蒲团之外，二胡乐声大风一样无止无息

# "黔"字新解

唐代的我，和县志主编一起

活在"黔中道"的广袤里

曾经致信柳宗元，敦促他

收回"黔之驴"，重新用和平敦厚的

庞然大物，为我镇代言

后来主编仙逝，语我：黔，可能是盐

飞水井的盐泉可以倒鹿

亦可拯救简牍野史里的穷困苍生

我现今析出，为诗歌的纳米意象

微咸，不足以濒临火焰

而我喜欢一遍一遍地自语

替命运中多次迁徙的，共同的韵母

发出呼救的声音。这个字

色泽凝重深黑，与盐的大白

构成我生命的两极

前次我受邀回镇参观刚刚发掘出来

的古代盐业遗址，突然

像是看清了自己的微末，成分
和主编一致，窘途却稍有不同
有时我害怕一语成谶
便把一句话强忍在河流之侧
替浪花保管着预言
没有人知道，那是什么

# 陶之舞

音乐行走的方向：旋转。像汉代的红泥那样
旋转，再旋转，加速度旋转，光线一样旋转
舞者成为一小片陶，微醉
她被旋律烧制。被当代的时光，窖藏
被真实的梦境和八平方公里的夜晚，分享
陶，我有一颗寒冷的心，被你灼热的体温焙烧
看上去，你用音乐，炼制我这枚古代的丹药
配个名字吧——姓氏：汉；名字：陶
性温、味苦，在春天里，治疗大雪的孤独

# 简帛书

很多时候她显得凌乱
不像是经过刀锋
在成型之前她在昏暗的灯光下多次打滑

一个小女子，藏在批量的竹简里
我掏出你的时候
还在沉积的黑泥里酣睡

需要多大的暴力
才能和忧郁的笔画埋葬在一起
才能让我，把你的自闭
描了又描

好吧，把灾难给我
把你的身骨换成一张白纸，读书，写诗
闲时，看看隐隐约约的蚕头燕尾
像不像古代的自己

# 光合作用

白萝卜皮变青，黄土豆皮变绿
我从小兽变成人
都是一生的光合作用

那个拔萝卜，埋土豆的孩子
和我一起在菜园子里
构成新的序列
我深信风雪过后，冬阳定会遗传什么

真的，李花开了
看上去早没生命迹象的枯枝
也诞育了几朵光的女儿

我摸摸自己的脸，没有面具，眼镜旁落
上天的光之吻方便了许多

# 吸光器

晨曦中，露珠是最早的吸光器
紧接着一株高粱穗站出来

暮霭中，酒滴是最晚的吸光器
所有人都黯淡下去

谁还爱着这喧嚣的人世
谁就是编织光圈的人

谁的爱稍微有一点卷角
谁就能仪式一般举起酒杯

曰：七月之月，来，再亮一点
让我掀开你这一页生死契约

# 煮豆豉

夜色中的扁竹根花，顶着一朵朵微光
花色有些变蓝，定与星空有关

母亲在木屋里，灯光黯淡
我拿着两束扁竹根进门，铺在蒸篾上

山间最美的小花，被黄豆一粒粒地压实
深夜仍有露珠的呻吟

晨曦中，山谷空旷了许多
仿佛我取走了大地淡紫色的花样文身

# 鸡豆花

惊叹于它的颜色，毫无杂质，寻找血色
和污痕的人
低着头，极其缓慢地端详
最后只找到漫山蓬松的积雪

它的纯色，让你的嘴唇优雅起来
内心，渐渐变得平静
它让你觉得
这绝不是食品

瞬间，你的默然里闪过诸多喻体
皆不适合
最好的本相
是绝不可另作他想

这是飞翔做成的，一道
灵与肉结合的供品

鸡胸肉，和鸡蛋清，调和在一起
省略号和惊叹号调和在一起

有的秘制，像闪电的艺术，不世出
而犹可惊诧。但别注视太久
它的纯净和决绝
会伤了你浑浊的眼睛

# 孪生钹

钹片在打击乐里成双了。另外三种乐器的落单
不叫孤独，叫小集体
音乐需要双钹插入，成为对音符的双倍抚慰
敞开，闭合，自鸣一声
都令小集体感到颤抖。这锐利的分贝
游离太久，加入组织，才体验到声音的盛世
不能没有他俩。质地相同，圆顶相似
铜器是孪生，乐声是单生
吻合到极致，才有破域的穿透力
直达苦难的深处。双手张开，右钹片辞别左钹片
姿态却蓄势留在前胸像要随时再见

# 烤红薯

红薯卑贱，从底层救出

尚未净身

便置于炙烤的境地

它经历了发烫

松软，黄皮，裂隙和散香

的缓慢过程

烤红薯的婶娘，是镇子上

为数不多的调香师

把一身和气调匀

释放给等待的孩子

或是免费赠送给熟悉的亲戚

铁架上，金黄的灵物

正在翻面。侍弄者

娴熟而又小心，生怕

耽搁了来客的每一次祈盼

前日我见她，简陋自制铁器

换成了自动烘烤箱

她一脸尴尬，手脚无措
像是怠慢了奉养多年的小神
时间被一秒一秒地闲置起来
仿佛是她的错

# 铛铛

铛铛有一个学名，但不会被乐师提及
作为锣鼓的配角，它的声音却清脆高调
要慎用，少用
乐师掌握铛铛，腕悬大锣
忽而锵锵，忽而铛铛。棒槌翻飞，如在点击
音乐的经络与穴位
传来虚实避让，传来声音系统里的处世哲学
一个人用两件铜器，对抗另两人牛皮鼓、钹片
旋律才是那个无形的掌控者
金属仅是擦挂死亡，乐谱才是死亡本身

# 腊香肠

被雪风洗礼，被炊烟晕染

被松柏之香久久袅绕

被高天一日一日凝视，被星辰

一夜一夜祝福。被母亲

节节扎紧，却依靠温热的体息自我疏通

被父亲高高悬挂，却控制着

摆幅小小的骄傲

它们，是新鲜的腊月，令我

数不清分成小片的日子

它们，是做旧的正月

令我的两个女儿，喜欢上

那墨色黏在掌心，而后散开

成为火与油的颜料

孩子，让我们把它串起来

"这是年的遗传"，是我的基因

成为你们的想象力。排下去

则"是节日的牵挂"，传递给你俩

万勿轻动穹宇下的高杆

而我满脸，黑得发蓝

像是暮色的骨灰，已托付予我

# 锣声响亮

穿对襟子黑衣的老人，将手提的月亮

敲出声音。一槌一槌

像在向不存在的场域，讨要什么

一叩，再一按，锣声骤起而忽停

手法可以控制余音的长短，却不能控制悲伤

铜月亮，用光发声

翻面，就可以做魂灵的镜子

有时候你会看到老人把月盘当成容器

像是圆润的烟灰缸。火星子

跳一下就不见了。他用绸布

拽着幻境里的星际之门。连日无乐事

此月亮搁置在神龛上，独自仓皇

# 石磨

石头用唇齿，咬合着石头
趋近于零的缝隙，压出镇上
最细腻的豆浆。送豆腐的老人
很多年不用石磨了，他在磨片
机械的转动中木然了很多年
现在，他从中清河上游
寻得两块看上去很好的磨刀石
雕琢成了厚重的上唇和下唇
原始的生产力，更近于艺术
手工，电动、智能化
再回到手工。他将自己
置身于一场漫长的轮回之中
艰苦卓绝，是情感的吸附
和体温的加持，以及见素抱朴
的天成。他并不懂得
这些虚假的道理。他只担心石质
是否足够适当，坚硬和柔软之间

有最隐秘的、恰当的度
不会压碎裂，也不会磨成浆
转动起来，几粒黄豆就能让
石头之间产生的抵牾
化为和解后浓稠的浆汁

# 夜宿汉朝

文物埋在地下，允许河流悬挂于头顶
抑或手腕上
有可控的星光，被两平方的外围空间幽闭
古镇陆续出土过汉代墓葬
也许每一个夜晚我们都睡在史书上
我子夜醒来，像一片简牍
替自己的字迹翻翻身。刻痕的凸面
拯救了无意义的凹面。我打算再生我自己
那些青铜和玉，被我的语言氧化
幻变为发光体。低调的双耳陶罐，黯淡一点
甚好，可为我的替身
静看身旁，翡翠成为渐渐变绿的月轮

# 从一场唐代叙事的结局中醒来

黔州都督谢佑，错会上意

逼得零陵王李明自杀

不知谁

多年后取得谢佑头颅，做成夜壶

夜夜淋之

是江湖刺客，还是皇室后裔

取走他的思考

取走他"希天后意"这点误会

难以考证和遐想

猜度他人

与矫正自我，都很难

而我在这个未解之谜中活了二十年

从叙事的开始，到情节的消失

我喉咙里想要的结局

正在经历一场野史的雾化

山中小镇，秘闻

令人安睡……恍惚夜起，敌首如瓷

与星辰同光。醒来

却已想不起自己梦中的敌人是谁

# 汉代的火焰之子

火焰囚禁在一块叛变的砖头里

幽微的缝隙

是千年的温度在逃生

我在每一个冬夜，用汉代的苍凉悲伤

磕碰唐代的肉体欢愉

每一个碎掉的纹路

都是亡国的审美，认错了

未来的敌人。窑变是没落贵族

找到了自焚的方式

在通透之前，故意在完美无瑕的

模具之内，找到形成裂隙

的遗忘之火……而每一块无雕花图案

的垒基砖，都是一个

投火的平民。被沉实地压在

底座。我在每一个冬夜

清理这些朴实的火焰之子

像是为诗歌的下一个世纪

腾空出一个墓室来，不甚宽阔

容得下草草的死亡

# 飞水井天然盐泉赋

作为镇子的一小撮，我不知道自己的身份和形态

盐水依旧不舍昼夜

我却不知道自己该为什么而生

被千年中的某一秒析出，我成为水的骨灰中

白净的那一部分，很少

却不足以自称珍贵

武陵空山中，有巨大的虚无，藏着结晶

白是活下来了

而黑，是命运

飞水井终日泼溅不息，连续不断的水线

拍击着故乡的河流

那仰泳至此的少年，张开嘴唇

离盐水的强弩之末很近

却怎么也够不着

中清河用百里的淡然，路过悬崖赠与的微咸

激浪而起为答礼

携纹而去，为层层道别

千山暮雪不知何故而来，像是上古的盐

纷纷回到当代的人世间

# 太子坟

隐隐中吟诵声近乎哀婉，像在唐代
有人宣读《废皇太子承乾为庶人诏》

墓中空空，已去昭陵，被"邪僻"的身骨
终于将空茫留给我的小镇

我是一次意外走到白池的，步道之上竹鸡稀疏
像是仆从寥寥，全然不理会我的打扰

我却逼起汉语言，试图将自己拔高为贵族
二十年无效，一生也必将无效

想了想，即使我满身罪过
我那贫农父亲，也不会用尽贬义词流放我

所幸我并无邪气，并无敌人
这也似乎，是一种更大的孤独

我在自我营造的，近似假相的，意境中
和唐人相对，他欠身，我作揖

互道：安好
含着流沙的嗓子，近乎哑然无声

# 石门

修二级路的时候，曾经防御外敌的石头

整体搬到悬崖之下

失去了门的两层意义：通过和禁止

一百年前书面语的石头

门楣上繁体书写着：万世昌隆

到现在，变成了口语的石头

石门儿……儿化音被我拖得很长

孩子们路过这里

都会将那几个字倒着念，从左到右

才是如今的语言秩序

我每每都要纠正她们：从右到左

再念一次……如我们来得早

晨光可以斜斜地，穿过射击孔

小女儿捂住其中一个光芒的通道

不再喷射火光，不再宣示主权

而今作为一个游戏的道具，它们将

一个孩子的手掌，变得光洁通透

像是有一个世纪的光抵达

携带着安抚的力量

洞见了死生之变，却从未向我提点

# 黄山谷衣冠冢

遗留衣冠，与丢下性命

并无区别

姓氏，名，字，别号

和衣领、纽扣、腰带并无二致

彼山谷与此山谷

也完全化为一体，形态

和音容都不重要了

唯一让我充满好奇的是

他葬于此的，是官服

还是布衣？锦衣显得不真实

麻布更适合当下

一个凭吊者，屈身前来

试图找到当代和宋代的水平

他视线模糊，内心傲然

默念着"陵""墓"和"冢"

"椁""棺"和"匣"

"茔""穴"和"土堆"

眼前贬谪的，意蕴为灵气和精神的

不朽的黄某，用小灵魂

参拜了满山的土堆，那里

全是我的先祖

**亲情**

形而上的暖冬

# 古镇匠人

那个错手把墓碑上的神像划出了痕迹的雕师
是我的外公
他是为神灵黥面的人

那个有意把墓碑上的火石，换成了石灰石的石匠
是我的外公
他是为菩萨换骨的人

# 晾晒粉皮的母亲

我的镇子一到初冬，就会到处晶莹剔透
白晃晃的红薯粉悬挂在每一个院子里
像预先到来的大雪
那个搭起梯子，翻动这些雪片的人
是我的母亲。我回家的时候
仰着头，不敢叫她，生怕她因为欣喜
摔了下来。也生怕那些遮住了天空的雪
哗啦啦地碎成冰块
这些明亮的晶体，有逼人眼睛的光芒
暖阳照射过来的时候
它们通透而迷幻，我小心翼翼
犹如置身于一场特效的布景中
久久不愿意挪动脚步，此刻母亲
手中的铝盒子空空如也
那些粉皮，熨帖地悬挂在竹竿上
看上去，比高处的天空更干净
让我的眼神，都不愿意触碰它们

# 铁匠铺

父亲的铧就是这里锻打的

扛回家的时候灰黑

经过冬土的抚慰之后

就会异常白亮

酣睡的深山里，它是无眠者

是光源，是阶檐下

最先和晨光呼应的农具

我一直以为铁匠神乎其技

能将烂铁，打造成

我家里的长明灯

我看见他赤裸上身

手持铁锤和世界硬碰硬

通体火红的粗坯上

烟缕不绝，火屑四溅

极像是一场成年礼

一锤一锤地

都像是打在我的后背上

# 钢圈之舞

叠在一起的钢圈，被菜油

反复浸润，反复摩擦

反射出晶亮的光

这样的钢真是好命啊

被打磨得洁白无瑕

忙碌时，成为油粑的圈套

叔父的嗨哟声声

像是越来越短促的紧箍咒

闲下来时，钢圈被一只手串起来

随着手臂舞动，然后

哗啦啦地从手腕处抖落出来

叠在角落，一圈覆盖一圈

整齐得一点缺陷都没有

那些微带颤音的圆，还自鸣不已

我常想自己有这样一双手

把钢铁旋转出幻影来

把生活的沉重，把玩到轻盈

# 鹅厌草

母亲迎着晨光，蹲在园子里
割方言的野草

我也一直蹲在她的身旁
薅书面语的野草

连地稗、通天窍、满天星
同一个物种，活在不同文字里

这些草，只有一个本身
却有很多异名

活在不同的时区和纬度里，活在
一个人的垂暮之年和青春

多年前，我把它们写成：鹅眼草
开出的小紫花，如睫毛闪闪

可母亲穷尽一生唤它：鹅厌草

像是文言，更像是天命

# 形而上的萝卜

给我一个萝卜吧

洗涤纯净，一削为二

就可以代替香炉，插上一束香

成为献祭的一部分

就连挑剔而倔强的父亲

都会朝着萝卜的方向作揖

泥窝子里拔出来的卑贱者

在大雪的掩压之后

净身，洁白，来到神龛上

待遇等同于先祖

和诸神。这个萝卜

分别模仿了黑陶，粉瓷，青铜

白银和黄金

模仿了容器的圆满

完美地，度过了一个弱者

形而上的暖冬

# 提示

他天天在黄昏中散步

信步就进入村里了

在空寂的深山中，忽然

响起收款的提示音

镇上小卖部有人扫二维码了

文盲母亲遇到手机支付就很慌乱

立马就会拨电话给父亲求证

于是清亮的提示音之后

不超十秒钟，母亲沙哑的声音

就会被劣质智能机夸张的话筒

传送出来

惹得林中上树的锦鸡，迟疑了一会

而后惊惶地纷飞，没入松林

有时候父亲会赶紧拨回去

又一阵苍老的人声

在山谷里回响，像是一个

与山同体，与鸟同频

而无害的隐居者

在和文明世界连线通话

# 石鼓上坐着祖父的魂灵

一个把石鼓坐烫的人，身体却在变凉

晨曦中坐着

暮色中坐着

朝阳坐着，背阴也坐着

一直坐下去

偶尔起身，只是为了去做一回长庚星

干完长夜的事情

还得回来枯坐

清代的石鼓，也坐着

孤寂的时候与另一个石鼓，在门外坐成双

他有时在左边石鼓上坐着

有时在右边石鼓上坐着

左边的他起身

去死的时候。右边石鼓上的他

死劲摁住自己

摁不住的时候，就双双消失了

孝歌声起，也仅仅是

召唤其中一个

魂灵回来坐坐。本相负责上天

去做一回启明星

# 祖母跛脚走过石桥

大桥从二十世纪七十年代以来

就一直拖着两条长长的弧线

弯度，令我感到它要游动，那摆幅

足以反衬我的笨拙。我的先辈

其中定有几位亲人，对石头的涉水本能

谙熟于心，而众多的石头

形成的跨越之心和抵达之意

需要一块一块去完成，就像

砌出的是缓慢的死亡

后照河上，石头们的气势

引而不发，却绵延不绝……小时候

我不知道负重是为了飞翔，四十多年后

我才看见一块石头背着另一块石头

在凌空前行，集体的石头

加入进去，形成了功利者的风驰电掣

也形成了孤独者的落单慢行

裂缝的也有裂缝美学，跛脚的

艰难挪移，也有残疾美学

您细看，发现它，以自我不足

正在完成一次小小的拯救。出现在

恰当的位置，落实了

卡紧了——像我断过腿的祖母

以缺陷和局限的身体，救治过许多

患有小疾的人。我见过她赶集

深一步浅一步地过桥

比桥的本身走得慢，像桥墩中

那块凹凸不平的石头，走着走着

就掉进 2003 年了，再也没出来过

# 提着小火炉的父亲

一个提着小火炉的老者

看不清他的面容

只能看见微微摇曳的火苗

在一撮木炭上闪动

从太平桥上，慢悠悠地走过

看上去像是在夜幕上

一枚低垂的星辰在移动

小镇上，绝大多数的美

只在晚上出现

而我父亲是盗取美的人

稀疏的雪花

像是无所作为的捕快

还在他的身后迁延

我在与他平行的东方红桥上

像走失的小火屑

成为这个夜晚美的补遗

成为他曾经说出的一个预言

渐行渐远，无人知道

我是他那个，光的儿子

# 反常识

白的是月亮，红的是太阳

这是常识

而在我的镇子上空

太阳常常是白的，月亮偶尔是红的

这是反常识

大陆上的河流都是淡水

这是常识

我的镇子到处是盐井

两条河流都带着洋流般的咸味

这，是反常识

女人的牙齿是白的

明眸皓齿是常识

可我的祖母和母亲啊

饮用盐水含氟量超标

牙齿全是黑的

这，也是反常识

这个暖冬，我在小镇上

将这些反常识，重温了一遍

红月亮悬挂在严家山

飞水泉溅落在中清河

那些黑牙却不知去向

母亲的口腔空空荡荡

怎么也不愿意装上洁白的假牙

# 生日祝福

稻子喜欢生在秋天，一个生日连着一个生日
面对那么温暖的大地，稗子也不忍心再去插一脚了
女儿带着我的骨血，一遍一遍
在镇子边最有细节的田埂上，捉迷藏
当她躲在一丛稻子里，低着头，保持着
一粒米应该有的谦逊的时候
我忍住了呼唤。大地沉默
所有语言都成为了饱满的颗粒，孩子
你屏住呼吸，听听这灌浆的声音
像不像集体的许愿，像不像一个巨大的谜
你蹲在那里，是不是终于懂得了敬畏

# 洗红薯

我和时间的女儿蹲在一起

你一定不信

她牙齿掉光，眼睛凹陷，身形枯槁

时间的女儿老了

她的父亲九十三岁，十六岁昏迷过一次

被差点掩埋，谁知活过来后

竟然出奇地长寿

成为村里有生命的时间标本

他的女儿当然是时间的女儿

也是我的母亲

作为时间的骨血，我知道

我们的先祖是永恒

也这样蹲在老桥头，安静地

和儿子一起，洗红薯

# 抚摸石鼓想象一滴水

石头能够雕成鼓皮

敲它们的，是瓦沟子里流下来的水

女儿，这经年的嘀嗒，让你摩挲的石头

产生了凹痕，有了世间最善意的伤害

因为这永不挪动的石头

你的爷爷，认为故乡只有一个

而我，允许你有许多故乡

郁山，诸佛，上清寺

来证明你的父亲，是多么漂泊

是多么屈从。是多么，不及一块石头

——有只看见一种美的耐心

那水的悬垂呀，那断续的流程

那从未见过大海的，我的老父亲

# 旋转的箩筐

父亲的肩背像一个轴承

再配合汗水这样的润滑剂

两个箩筐才能不断旋转，在陡峭的坡路上

挑起韵律。箩筐进退闪躲之间

像两个谦让的兄弟

两头的小孩子，任何一个站起来

大地都会在一瞬间失去平衡

我们安静，沉实，乖巧，在低空中

忽左忽右，忽上忽下

绝不相互磕碰。父亲总会用巧力，将我俩

调整到安全的角度。看上去

他就是一把天平秤，两个筹码

正在不断耗损他的铁骨头

# 春雷

惊雷为了寻找自我，才会追逐闪电
它对自我迟到了

母亲像兜着汤圆一样，兜着最惊诧的那一枚春雷
父亲的骨头像闪电那样曲折了一下

我在镇上，对自我迟到了
我的沉默没能赶上我的闪耀

而他俩，有不同的速度和频率
却能相伴到老

所谓爱情，就是原地不动
我发声的时候你发光，你寂静的时候我熄灭

# 卖土烟的父亲

我读书欠钱，卖了我钟爱的黄牯

和一窝猪崽，还是继续欠钱

父亲去镇上卖土烟，从湖北进货

刚开始的时候在街边的人行道上

铺开塑料薄膜，摆上几束焦黄的烟叶

羞赧地叫卖。从卖熟人到卖陌生人

从辨识不清烟质好坏到谙熟于心

他一干就接近三十年。如今他在小卖部里

继续主打土烟。我也习惯了呛人的气息

和尘埃弥漫中的坚守。水分含量适当

太干易碎，一捏就像枯叶成粉

太湿点不燃，青烟缭绕就是不见燃烧后

那种红白色的通透。他还掌握着

收抹秤杆的娴熟技艺。太过则会短斤少两

不足则会亏本失财，那黯淡的星点

成为父亲眼里的图腾，不容有失

不可亵渎。有时候适当翘起，只为让利

显然，来客是我们的亲人

比如叔祖父，不仅假装称一下，半斤算成三两

还附带送上新近的好货：幺爹，尝一下

# 三轮车撞上母亲

进退两难的时候

她选择了退避

这一退，便被三轮车撞上了

车夫先是将龙头向左，发现母亲要过

而后向右，没想到母亲退回来

于是撞上了

畏畏缩缩的母亲

一生最擅长的的就是：让

从不与人争执

从不获取蝇头小利

她的内心就只有：我该让

当疾驰的三轮来的时候

她若顶着风险，就平安而过

可她想的是：我老了，跑不过机器

母亲的头骨被撞破裂

骨片遗失，近视的我

几乎趴在门前街道上找了半天

没能寻到。母亲把身体上最坚硬的

小部分骨头弄丢了

我还不了，车夫也赔不了

五年过去了，我在街上

闲逛的时候，仍然下意识地

将目光投向地面，仿佛

那分裂的骨头会奇迹般复原

回到母亲的额头，将她

生命中最为荣耀的门楣

修缮如初，成为荫庇儿子的

快乐殿堂上，最为显赫的那一块

# 外公外婆的绝句

他一生活得像是随笔，爱却是绝句

太精致，太短暂

太美。不用执子之手白头到老来证明

人际关系等于一座孤坟

他坚持要换一种存在方式

去陪她。于是孤坟五十年

变成双茔

挖掘黄土，我们发现两种颜色的石质

黑，白，像是

无法道出的喻意

一个自然归去的老者，与非正常

早逝的妻子，实现了交错时空结构中

稳定的并列

一新一旧，像绝句的前言和后语

语意连续，绝不能分开

# 张屠户家史

我的曾祖，性情软弱，而成为镇中名屠

作为解剖学

的高手

用刀凌厉而精确，"事实的悲剧"终日

在他的木讷中上演

曾祖父的弟弟，刚用谈判

从龙溪乡土匪手中，解救出何员外

半日"扮演的悲剧"止于

意料之内的情节末端

何员外的后人和我父亲，有时候会在镇上碰面

点头微笑或是停步寒暄

都是代替先祖说话

而我作为汉语的生理研究爱好者

学庖丁而不得，转而

为某个替猪崽接生的母亲写诗

为乌骨的家禽，扭断二十四处转承启合

我的刀法与语法

有了生硬的一致性

"张屠"，您若这样敬称我，便是

摸到了我的血脉

多谢，请赐我一柄剔骨的短刀

# 张管事家史

联英会伏击了国军石团长先锋连

丹砂古井里

扔进去数十具尸体

石团长震怒，一路烧杀

喝了血酒，自认金刚不坏的地方神兵组织

一触即溃，血肉之躯

被飞行的钢铁洞穿

冷兵器被热兵器进行现代化的

死亡教育。曾祖父张屠的弟弟

也是江湖组织的骨干

远远地看见数十间房屋在火光中

消失，突然迷信全无

向深山逃逸。后来他退出

地方民团，融入了民国社会

成为张屠家满脸灿烂笑意的帮工

他的编制外官衔

叫"管事"。镇民来割肉

总是先毕恭毕敬地

叫一声"张管事",然后才

朝着我祖父叫一声"张屠户",仿佛是

弟弟领导着哥哥,也像是

虚名管理着实职。如今我的虚幻里

总有一个喧嚣的早市

在镇上达成人际关系的另类默契

陌生化的语法组合

像是已经承袭了上百年

# 风光

## 阅读苍穹和雪

# 青苔

山中小憩，需要选择睡在青苔上

醒了站起身来

背上还黏着着一些青苔

要是还黏着一点地木耳

那就更好了

你一定在刚才的梦境里抚慰过别人

要是黏着一茎干枯的丝茅草

那就最好了

善良的鬼魅可能唤醒了你刚才的梦境

你歪歪扭扭地向前走

地木耳和枯草一直在你背上悬而不落

等着和你一起走失

而大面积的青苔上有一个印痕

风吹不走，黑夜也无法抹去

即便是一场雪覆盖

也会留下一个漫漶的人形

仿佛体温和地热，还积蓄在这里

# 蓝墨水的彩虹，碳素墨水的夜

彩虹的一部分，是用蓝墨水画的
天空这张劣质纸，总是令色彩有些漂移
发毛，发皱的穹宇
成为她的画夹
小女孩仰头看天，雨后半边
是空荡的，颜色从颜色中分出，颜色更多
虚像从实像中分出，她
的念头更多
造物主，让万物感光
她便一生都不反对光的折射了
略显粗糙的，美的教育
让她不禁揉了揉自己的眼睛
于是彩虹的一部分
变成黑夜，是用最后几滴碳素墨水画的

# 字的倒影

三百九十五个字
都清晰地倒立在水中
像河面制成的印版
反过来，印刷在镀铜的墙壁上

一篇古文，溺水良久
只能依靠标点符号呼吸
河水默读多年
时光从不断句

一尾红色的金鱼
游动在水中，在这篇桃花源记里
穿行，折返，触动每一粒字
恍如问津者，也恍如避世者

那些被荡漾起来的词
有些惊惶，有些游离

被搅扰了一会

又恢复平静，闪回语言的秩序中

# 化霜即景

职业中学后面的菜地上

一片白灰色

让我这个早行人

以为遇见了一片银叶菊

蹲下来，才发现

这是青菜叶上

覆盖着一层薄霜

我就在菜地边的河堤上

来回踱步

等霜化去的过程

也这样迷人

像是等着一层死寂

渐渐地被晨曦淡化

而后露出蓬勃来

晨起砍菜的农妇

弓着身子

被新阳的光圈锁定

一窝一窝地挪移
被幻象局限的样子多好
像个晨光的囚徒
被意外救赎
而自己浑然不觉

# 月中之月

一道镇门，被泥土淹没一半

还留着一个圆拱

我要低头，屈身而过

天气好的夜晚，我会在这里

巧遇门洞里的一弯月亮

像是月中之月

千万小心啊，蹲伏的时候

可能有一条看家狗

在附近的一个小院里，窥视着你

# 枯坐河畔

为了一条烂船的死
河流提供了一片平静的水面
为了白鹤的再次起飞
死船提供了一块经停的机坪
这些挽留
静默得难以觉察
无一卑微者，不自带着善
所有角度的置换，都蕴含利他
我枯坐河畔，有奇怪的念头
白鹤加入了日落的仪式
我不敢动。一动
倒影就消失了。水中
有我的上半身，卵石一般沉实
和圆润。像一个被涟漪
围困着的囚徒。也像被河流
牵绊着的越狱犯
多好啊，一个思想的迷失者
坐实在这里，请勿予以安慰

# 黄桷树下

漩涡，是中清河流经黄桷树时

打的一个小结

树下的小潭，是中清河流经黄桷树时

打的一个大结

像是大众的水，在吃掉水

像是小众的水，在卷入水中

常常，百思不得其解时

我会用水的迷踪

来解释一粒细沙被裹挟的宿命

常常，我从黄桷树上一跃而下

仆倒在潭边的沙洲上

面贴流沙，像在亲吻水的骸骨

# 煤果子墙

燃烧殆尽的煤

被我们叫做：煤果子

它们一层一层地堆积起来

便成了镇子上一面面围墙

土墙坍塌了

石墙残破了

煤果子墙壁，纹丝不动

经历过火焰和淬炼

它们有了更深刻的咬合和凝聚

这里成了摄影师

喜欢的背景。常常有新妇

在这里拍婚纱照

阳光，穿过煤果子之间的缝隙

落在笑靥上，墙壁

忽然就通透了

旁观如我，也会领着几点光斑

在小巷子里缓行

像是从古代的煤果子上
穿越到现代的火苗

# 镇子再无封火墙

镇上的最后一道封火墙，倒了
越来越少的生命需要它
除非那一株刚冒头的苦蒿
除非你

我的女儿，要给你建造一道墙壁
并不难
难的是，内心有焰火
却从不燃到别人家

我一辈子都在建造那面墙壁
我想你也是

# 那更大的孤独是谁

草老死在旷野上，用单一的方式

自然轮回，那大风中的

群众的草，一律倒伏下去

跪给空无的样子

配得上真正的孤独

茅草坡上睡出的草窝

仅有深深印痕

无人的后背可以匹配

我不知道，那更大的孤独是谁的

# 养一窝蚂蚁

我用一枚怯生生的土豆
养一窝蚂蚁
用它身体上的黑点
收藏隐秘的力量

我已经不再迷信饱满
转而赞美痛苦
现在我蹲在最瘦弱的土豆身旁
细微的乳白的生命围绕着它

把这枚土豆埋入土中
我要继续
用土豆的隐忍和悲伤
养一窝蚂蚁

# 车轴草

露珠几乎就是被它悬吸的

在它归零的体温上，闪动着无辜的美

三片叶向心而聚

推举出的红车轴花朵

柔弱地，燃烧

我不忍触踮这些凝聚的小火焰

在微距的临界，将呼吸调到最低

生怕一个喘息水滴便会滑落

我是车轴草请出世界之外的

局外人，由于生之迟缓

和死之草率，被病句一般遗弃

我蹲下，旋转空镜头

一片片地，把我的心肺灵气

和肝胆苦血，拍进空无里

并弄出定格的声音

# 月光住在弹丸小镇

月光从来只住在眼睛里

很小

经不住死亡

我们老了

只住在弹丸小镇，很小

经不住现代化

那一夜，扩大版的月亮

发出怜悯人间的光

均匀

洒下来。我用眼睛去接

太小了，接不住

我用瓦沟子去接

举着整片屋顶去接

它泻下

像是来

朝我们，顺颂冬祺

# 檐口的等待

堂前燕三年不归，唾液干了
泥松了，我在下面加了一块木板

我一直等着，温柔的喙
来修复旧巢

我倾尽所有檐口，等待田边的淤泥
将细细的裂缝慢慢弥合

我枯坐檐下，成为静止的标本
一本诗集将我秘密收藏

一只孤独的燕子飞临我的头顶
移形换位，尾羽轻扑

像个信使，和我实现短暂的交流
给我捎来的天意，让我沉迷了很久

# 等蛙

你醒来的时候

首先要去檐沟，看看晨雨

是不是改变了一只老蛙

隐秘的住所？嗯，对的

就在那株移栽来的米心树根须下

静静蛰伏还是空空如也

——别告诉我答案，别出声

我在沟渠口等着它跳出来

或不跳出来。这等待

由我们共同来完成，如同

黑夜等待了黎明，只需要

我们穿上晨光的衣裳

面对一条被现实

分裂出去的，老街

# 穿过梦境的叶片

我要经过光线，经过一个人的脑叶

经过细微的分辨

和奇异的无意识，我知道有光线的聚焦

一定在黑夜的某一个隐秘中心

我分开经络和血丝赶路

要在光线消失之前，靠近身体的第二重影像

我被牵引，可神灵并未预示

我说：水是上不了岸的动物

可那影像，正在划着舢板，接应我

接应这毫无感知的一切

当我经由梦境来到的时候

那均匀的呼吸，来自于鼻翼

似乎一座小宫殿在对我说：欢迎你

似乎老榕树真的也来接我

走出另一个人的零点，从而看见

一片承载大量阳光的叶子

穿着薄薄的白衬衫，向湖面飘来

# 蓝池

我知道你有一片辽阔的池塘

池塘里养着小虾

那些小家伙

会用触须

把睡莲往上顶一顶

是不是？我猜错了吗


让我再想一想，你的池塘里

如果不养小虾

就会养着几个水泡

时不时冒一下

对你佯装说话的样子


如果还不准确，请让我再反思一下

你这被堤坝围起来的羁绊之美

是不是

还有些蓝

以至于看不到水纹

看不到昨夜的雨水住进来时

那轻微地抖动

# 香樟树

那株香樟树，闲着闲着

就不见了

再一次登山的时候

我在她站过的地方

站了站

脚上有一些新土

有几片枯叶

在这个特定的地方

我不躲避风

只是独自躲避着时间

如果你也曾看见过

那发皱的树皮

别害怕

她在用香气赞美你

你会抱着她

摇晃她

叫她：老哑巴

# 阅读苍穹和雪

屋檐口，瓦片下，雨水缓缓的勾连

一冬的铺叙

化为液态的珠子，令我

心境的微距

看到它的闪烁和晶莹

安静自不必说，我得反观后脑

按照原路退回到雪中去

每一秒时间的发声，都有微妙的区别

写作，就是把这种不可见

变成至少一个人的可见

有时读书真没用，怎么也比不上

直接阅读穹庐

怎么变成灰，怎么把雪黏在十年前的发髻上

而把情绪的形态

化成迟疑的水。读着

读出一缕白来，再读

读白的延宕，牵连来。十年后

雪怎么降低生命的海拔，黏在皱纹上
需要看清。我目不斜视
苍天落在我的眼睛里，忽而迷蒙一片

# 小女孩站在犄角的阵法中

抱着一只小羊羔照看成年羊群

像你和它

才有真正的血缘。以弱小之躯

站立在犄角的阵法中

逡巡的公羊

不敢蹚过这条浅浅的河流

天然的界限

把镇子分为两个人间

她是善的核心。而我在外围长时间凝视

仿佛我才是羊倌

在用移情的修辞手法

照看着什么。她完全融入

羊的动静中了

不是尾随，也不是引领

而是居中调度，无声地挪动

# 岁除的下午

芭茅遍地，柔秆飞絮顺从着河谷
有唯一的方向
那其实是风的方向
它们预知起风的样子，轻轻颤栗
中清河流向烟花生处
也有唯一的方向
它也顺从着河谷，像我一样
顺从着某种隐形的引力
像是服膺于玄妙
我继续沿着河堤，经过大片水麻
和小丛醉鱼草，经过
一声露滴般的问讯
嘀嗒刚落，爆竹四起
黄昏未至，光与火已然照彻小镇

# 中清河上的鸭群

一只鸟在河里垂头，似在忏悔

而后从水面拔出喙

抖动着全身红褐色的羽毛

它立起脖颈，远远的，我分不清

那异常的颜色是宝石蓝，还是祖母绿

我恍然明白：这自带的炫技

并无多余的动作和神情

只需要一身的灿烂，就够了

而它出现在世上就是原罪

过分的美和星相

存在是敌人眼里的错误

我慢慢靠近，才发现这并非

一只遗世独立的鸟中贵族

它只是——公鸭

更远处的灰鸭们，没有受到吸引

自顾觅食和戏水

公鸭具有了打眼的落单

我经过它，对比了一下自身的丑陋

幻想着被多数同类审美

忽又惊觉早已不少年，不得不

使用大量文字摁住内心

才没有悲从中来

# 坐在一块卵石上想未来事

河流去留无意，卵石慢慢挤上岸来

我习惯了一个冬天都坐在一块石头上

时间长了

它通体便有了暗光，靠近

能倒影自我。它渐渐成了一枚低调的珍珠

参与了每一个黄昏的形成

参与了我无心之境的形成

我对它渐渐有了怜爱，后来竟至于

不忍触碰。冰凉事物的灵魂

就是这样养成的。找不到更好面相的石头了

我继续坐上去。想一想未来事

它便与我有了同等的体温

和同等的不测

我薄情的时候它微凉，我深情

的时候，它发烫

# 朱砂

古代，朱砂可炼丹，可提取水银

可用江河湖海的走势

围绕着帝王陵寝，至今汞元素仍超标

子夜，无意入眠

讲讲朱砂矿洞，和深山里

遗世独立的村子，讲讲

那个手执朱砂在青石上画圆的少年

身体像一个悬挂式温度器

一滴晶莹剔透的水银

在前额的红线刻度上，轻轻滑动

# 水戏

总有一只鸟要扑水，扇水
激成飞溅的小水幕

总有一只鸟假寐，垂头
啄着自己最纤细的黑羽

他伸直脖颈，像只是与河水有情
她扭过脖颈，仿佛不知近在咫尺的示爱

小镇边，一对红啄、白头、黑身的鸭子
像野生的放纵的情侣

在暖阳下，如此耐心地相互吸引
任何生命中的美好，都先有深刻的博弈

我将这柔情无限的三十八秒水戏拍下来
河床舒缓，浮游着绚烂的爱人

# 白鹤

雀跃之美。天空的流量中，你是
别人不是

候鸟的海拔，在羽毛上
我的迎候，在幻觉中

你如果继续白着，云朵就不敢再白
你如果深一些，气流层都尽数避开

落地时那对大地的颠扑
颤抖的波动，让我午梦惊觉

此后，久久的静止
像生命为我留出巨大的默契，在人世喧嚣中

# 无法计算的幸运

在镇边白晃晃的冬日水田中捡到一枚软壳鸟蛋的
孩子
是被白鹤选中的幸运儿

这概率，就像这个孩子到了中年
被一块飞石击中
没法计算

而他相信这神赐一般的馈赠和痛苦
是必然的

别去计算命运，孩子

# 变脸

一只小小的灰雀，振动翅膀，张开尾羽
极限舒展，像极了孔雀的开屏

我从未看见过一只小鸟这样乖张
仿佛面对一个炫技的爱情世界

当我企图拍下它
它却倏忽隐匿在一丛三角梅中

我似乎看到了它哀婉而冷峻的眼睛
仿佛面对一个杀戮的世界

信步而走，而后背被瞄准的感觉
使我相信一只鸟，也有突然的恨意

# 现在

我所说的现在，
是无限趋近于零的时间

比一秒小得多，小到我们无法看见
无法听见，无法捕捉，无法描述

小到让我紧张，恐惧
小到时间几乎不存在

我在你那里有两个现在
一个叫死，一个叫醒来

现在，我停留在你的现在上
像蒲花停在瞬间，苇花停在须臾

# 寻鸭记

野鸭在后照河的上游，无所事事

轻盈，而蛮横地飞行

峡谷中幽深的水，才容得下这些小潜艇

我在下游等它们冲出峡口

进入小镇视野的，是唐诗宋词

养活的家鸭，笨拙地

啄波纹，饮用淡盐水，与盛世美颜

的公鸭若即若离。它们早已圈子化

定期选美，选秀，制造噱头

扩大版的野鸭

吐出无法下咽的概念，让人误以为是教养

太阳无法进入的纵深地带

我们去追寻过野鸭，像陶翁

在每一个野渡向空无问津

"有红鲤的地方就有野鸭。"这是我

自解的答案。同样，野生的鱼影

莫测难觅，这对异类知己

均已遁迹于百里。十年前，我曾
见到渔获者，逗弄着不知怎么捕获的野鸭
像在训练驯化的鸬鹚。仰脖的它们
看上去依旧有蔑视人类的骄傲

# 坐在后照河边看见露珠往生

有水的地方，我一个人就是所有水的内陆
或孤岛
当水成为涟漪的母亲，我独坐
就毫无意义。海回来
江流回来，找前世
悬崖上的冰凌，正在初阳下
掉下第一滴，悲伤
我所认识的水，都走了，迢遥的
梦中想起，我不是大陆架
而是围绕蓝色星球的，语言的堤坝
太漫长，连续性很强
以至于我大多数时候，在修复固体的自己
你回到后照河，远远的
宾语那样，坐在露珠的诞辰。我距离
往生更近些，但我不敢叫你

# 向你介绍一下无名河

不知多少条暗河，秘密地汇入后照河
才换来了一次
温柔的撞击。两条河流相遇了
把咆哮藏起来，初见
是清澈的第一印象。我坐在两河口
一直在辨析谁是主流，谁是支流
却一直没有看出来
中清河和后照河合流后，前行一公里
加入后江河。这段没有名字
像是过渡句，意义不重大
却不可或缺。这里滩涂宽阔
白鹭和白鹭的敌人在江心洲出没
在这里回望我的野山坡，能看出一些
修辞手法来，不然天光水色
没法跃然纸上。我在卵石上坐忘云翳
清空天意，差不多把落日也丢了

# 怀抱大白菜的女人

河堤上，一丛一丛的芭茅花开了

我跟着它们的飞絮

往上游走

我不知道风为何要逆流吹

当我走到河流大弧度的转弯处

迎面走来一个女人

怀抱一团大白菜

像怀抱着白白的婴儿

那般小心而又温情

她抬起头诧异地看着我

仿佛只有她才应该理所当然地

出现在安静的黄昏里

那张脸，黧黑

宛若一面吸光器

并黏着几片绒绒的芭茅的飞絮

# 住在镇上你会有这样的错觉

你会觉得石桥是天然生长的

与人全无关系

你会觉得水也有了影子

一条河形容了另一条河

你会觉得黄桷树下全是安静的魂灵

叫一声全数变成萤火

你会觉得石板街全是岔道

信步走去都会进入遗忘

你会觉得镇上的人从未失败

而你来，你就是第一个失败的人

# 平湖秋月

想要一湖水，作被单

让我得其所

并深刻地领会荡漾

云朵变成蛋白质，从三点水里穿过

有一点稍作避让

便成为我生命里，意外的顿笔

当我读出"平"

后面的三个字就兀自摇晃

至于恍惚，至于假设

平，就够了。无需湖、秋、月

无需名噪天下的完整

我就约等于一个残缺的字符

任何补充都是伤害

大湖的形象被浓缩成我这首诗的标题

让我暗自心惊，继而

绕道而过。石碑亦正亦反

镂刻就是叙事

月亮浑圆，方懂得裹挟大湖
是怎样的一种亏欠

# 青年节的上午

小小的河鱼跃出水面
白腹星星点点
细微的弹跳声像一滴水
击打在草叶上

黄鹌菜的圆形小花
与河里的小涟漪
都是从内心开始摇动的

青年节的上午
有多少人尚未自然醒来

# 路过黄桷树走向母语

黄桷树巨大的阴翳溶于水

河流的细纹，是老树百年的呼吸

一个孩子屈身攀爬，它想去鹊鸟栖息的那个树杈

走出华冠的遮蔽，向上游

无目的地走去，疾步时像线团领着岸线在滚动

缓步时，像精神里真有个世界

沉实得有些吃水。与高处的孩子

互为反义。我也跟着你走

你以母语的语法方式存在，我成为

补语。只有你需要的时候

我才不显得多余。依傍

未能穷尽的河流。我侧身时才是彼岸

# 峰巅拉力试验游戏

从旋转的重庆，回到老旧的小镇
弹簧般的身体感觉
恢复了平静，更多时候是自我折叠
试探一下弹性还在不在
这样的午后躺在云朵的第三层
别怀疑我的谵妄。作为镇子的卫星村
朱砂村的高度足够快递我
到上天的气流里去。一层一层
向上递送，最难的是骨节推举灵魂
这样的拉力试验，须得有一个
滞重的"我执"，才不至于
在绝顶一想到诗歌，就恍惚脱钩
把自己，送到深邃里去

# 竹林小憩

众水环绕的竹林，总是将"轻"呈现给我
忘川变色
湛蓝的中年迷失在看不见的危险里
液态的语言
须得艰苦转译，沙洲横亘在暮光的歧义中
一把新竹椅
在林下成型，榫在减轻自身的水
卯在扩大自身的孔穴
我坐在无名桥边，竹梢的羽毛总是
落不到我的头顶
那些竹子，到了高深处才懂得低头
晚了，身体开花
意味着枯槁。时间的钢刀正要砍掉它们

# 野径读己书

扉页新鲜，但是文字古老，历史可以掰开自己

的一部分，一粒一粒地来拯救我

午后漫步河畔野径，无人知道我秘密地

深藏五个小辑的命运。逐渐倾斜的光照中

取出标题来，三个字

逆光，被晒得有些迷茫

读过很多遍了，就像抚摸过自己，四十多年了

一本书被引至故乡

却没有一首能被我完整背出

放在芦苇的影子里拍摄，书的一角总要往下掉

像是要跌入大地

才能坦然面对过多的镁光。我自持

着满身的特种纸，摩挲着致密均匀的情感的凹痕

将属于死亡的那一页折角

分享会上，我在此处

为一个抑郁症女孩题下：活在未来多么迷人

# 捉小鸡

顺着小溪走，看到对岸的老妪在放小鸡

一团一团的绒毛在院坝里滚动

蓬头稚子，追逐着这些小鸡

终于，他捕获了一个白色的小鸡

放在掌心，像捕获了这个暖冬的一个雪团

一不小心钻进草丛，像化了一般

老妪微微地笑着，掌心里

不知何时捕获了一个墨团

那只黑色的小鸡，却不急于飞走

她的手掌是一个吸盘，让它温柔敛翅

甘于被摩挲和禁足，像着了魔法

我很久没有这样全程观看一场游戏了

不由得蹲下身子，看那些墨团挤着雪团

直到一只老母鸡被放出来

院子里很快恢复了秩序，几个步点

和几声召唤，就完成了神奇的调度

我恍如从异域风情里站起身来

如一只笨拙的小鸡，化迹于薄薄的晨曦中

# 烤黄连

弓身翻动黄连的老翁

和端坐在木椅上，烧柴火的老妪

构成了这个冬天的绝配

没有一句交流，无需互相提醒

爱情的火力，是漫长的文火烘焙

你若误入这样一个院子

请保持沉默，不要扰了这种默契

和安宁。你若是这里的儿孙

请小心翼翼地，给老人头上

加一顶草帽，挡住那些被风刮起的灰烬

你若是一个文静的女孩

请向这位老奶奶，学习世间

最为深刻的绕指柔。你若爱着

这里的任何一个人，请先凝神屏气

像过滤肺腑一样，呼吸这家的气息

——久远而细微的：苦涩

# 黄豆雀飞入人间

黄豆雀抖落一身积雪，从荆棘丛振翅飞出

跃过中清河，来到人间陷阱

残冬用谐音词语捕获它：仙境欢迎您

家猫的眼瞳深不可测，目睹了濒死的飞翔

# 小镇的神灵是微生物

神灵是微生物，用不可测的方式活着

我们穷尽一生

探听那无声的分贝

它的替代者说着三条河流的辞令

主流将支流发回原籍

死亡的宏观，将诞生的微观，襁褓一样包容

终于我们都最小化了

这才是铅华尽去，本质的不世之小

我是你的贱仆，在显微镜里

为你画地为牢，貌似在修仙

爱是养成，而生命不是。我们不可见地

互见……无论荣辱，都趋零而去

# 后院的南瓜

老南瓜萎缩自我，减轻体重
和大地对抗
老藤逐渐枯槁
而它不断提升自己的高度
距离地面越来越远
悬挂在后院的木架上
它金黄地测试着北风的智力
和冬阳的忍耐力
它对俗世的挣脱，是有效的
而我徒劳

有几次我都动心，想摘了它
最后都没敢下手
这个傻瓜，其实一直在炫耀
冬月的那场大雪
都没能令它垂落，它活得
简约，内心没有随着
成熟而膨胀

和我们同在一个屋檐下
各安天命，各自悲秋
伤春，和自失
它是怎么消失的，我没看见
问母亲，她也没看见

# 我们像山杜鹃活在汉唐

真理，就是思想对美的苛求

逻辑仅仅是抢劫

的节奏感

男人受困于真理，被宽松的表象迷惑

而女人，在局限中打开极致的辽阔

度过每一次

语言预设的人质危机

所以诗歌简直就是阴谋

我们需要逼仄，用左右结构恋爱和结婚

互不越位，而占据战略位置

我们在镇子上取得草木的身份证

标注着各自的科属母纲种

像山杜鹃，获得了汉唐文化的安抚

便愈发懂得了低垂之美

# 像是无所谓

一个四合院里什么也没有

生锈的挂锁，锁着空

有时候我们会翻墙进去

成为空的填充

但，没有人愿意打开那把锁

推门而入

没有人，愿意破坏

这被锁着的原样

当我们在这里饮完一壶酒

翻墙出来，将空

还给四合院，也就

还给了那把锁

黄昏过后，我们确信

那里的空更空了

像我黑幕里的思想

一点意义也没有

# 汇流之美

中清河和后照河撞击在一起
嘘，注意听，没有丁点声音

像被二十一世纪抛弃，爱从不咆哮
像被现世切除，精神的控制消弭无形

我就在栏杆上，看汇流的角力美
这柔软的对撞啊，像两条河流绝交

成为一条河。这是爱的预言
有的选择死，有的选择孤独

# 古镇夏雨

须得有雨
须得有阶檐雨
须得有阶檐雨形成的银光乍泄的雨帘子

须得有两个女儿
合力推开雨帘子
须得有一个垂暮之人
坐在石鼓上为她俩撩开雨帘子

须得有一个少女，在雨中
领着一个幼女奔跑
须得有一个老母亲，用雨幕
禁闭着一个老父亲

嗨，孩子们，快回来
生雨湿头，会在天灵盖上长虱花

# 古镇石头

每一块石头，都是被巷道扔出的，过时的菩萨

它们的镜面上有打磨的天空
幸运的时候可以看到一点微弱的蓝
更多时候，我会窥见石头里的乌云

蹲在那里良久，换着角度把玩异化的我
有时候狰狞，有时候温润
我沉浸于这存在和消失的谜面

人们都在内心，依照自己的样子雕刻新的菩萨
每一块石头都是半成品
你看，那个秋日暖阳中，微微闭上眼睛的人

一定是在最适合自己的石头上
模仿救世主

# 古镇小巷

我在

在一条小巷
卷进另一条小巷的地方

在外公增生的骨质上
在母亲漏风的齿缝间
在父亲堵塞的脑动脉血管上

在我的节日的凌晨
在我的周末的黄昏

我的未来已经向每一个人曝光
如逃逸，必定藏匿于此
锁定一只吟唱的蟋蟀，就锁定了我
挤进一盘残破的棋局，就挤进了我的残生

你定会遇到一个孱弱、消瘦的老人
请忽略，与他擦肩而过
他已经习惯，做我的替身

他的胸前，石梯古街层层下降
落进了石板古街
落进了最后的死胡同

迎候我的人，也在

# 古镇河流

后照河游进了后江河
一条河流生吞一条河流，大水转角如转世

旋风足可吹亮铁匠铺的火焰
两条河也从未浇灭

下面就是渡口了
背负铁铧的父亲正在登船

他需要从后江河，逆流而上，进入后照河
一条河流挽救一条河流，大水分成小水回到源头

他会使用中清河的水，把铧上的铁屑洗干净
一个男人，便拥有了三条河流

由于世袭制，我也拥有了三条河流
一条生，一条死，一条从生死之间穿过

# 古法制盐遗址上的演绎

飞溅的天然盐水引到这里

经过烈焰的焚烧

变成洁白的晶体

没有哪一种纯净不是燃烧得来的

思想里有杂质

只是因为习惯了逸乐

当他深陷古作坊，深陷红

和明亮之后的暗寂

忽而便有了炙烤骨头的奇想

冬阳太安静了，达不到燃点

眼前的世界总体上很寂寥

爱情太虚无了，不是明火

无效成分太多早已被他放弃

他在养活细微的火星

使之成为豆蔻年华的少女火苗

和花信年华的袅娜火焰

他曾握住过盐水女神的手

那轻盈和柔软，像美人流动的眼波

从诗经中走来，跨过山海经

被清扬牵住，而又放弃

他弓身，露出古铜后背

像一座山脊，驮着夸父逐日

须臾我便有了尖峰岭这匹坐骑了

黑暗正在成为扬起的尾鬃

我从这场水与火的叙事中退出来

脸上刻满铭文，像刚接受

火丝的黥面之刑而不自知

有人在漫漶处轻笑，似来自于

巨大的襁褓中，小神一般

看不见口型，领悟不了

他那先天洞悉的一生之谜

# 涉江

脑动脉血管堵塞，他得天天傍晚涉水过河

换一条岸，看夕阳

然后再涉水回来，看河床上，河流酣睡

静听冬水的呓语和呼吸

似乎自己的血栓便通融了些

有时候他供氧不足，有些头晕，坐在芭茅草丛中

用草叶边缘的锯齿刺激自己的脸

黏上一身的飞絮，像是顶着一场轻雪

慢慢回家，嘴里念叨着：黄昏姓黄，张老汉姓张

这几日白昼越来越短，涉水有危险

低处的鹅卵石随着时间在推移着自己的位置

过几天便不能再踩踏原处

有一次他跌倒在水花里，像个笨拙的南瓜

从岸边的藤蔓上，突破引力极限

掉下来，激起昼夜临界时

那波动的声音。而后他站起来，坐下去

又站起来，浅水湿身，在残留的天光下斑点泼溅

# 丹泉井

二十年前，许多人在这里洗衣服，槌击之声噼啪

起伏不绝如同古老的阅兵式

十年前，浣衣女寥寥，耳语之声都能隐约听到

三两人来此更在意的是拉家常

现在，偶有老妪来此

井水从光滑的石面上逸出，鼓荡起被子的缎面

再无搭讪，或讥诮了

她一个人占据了镇子上最干净的水源

然而无人理会她的孤独

我有好多次路过丹泉井，没有见到亲水的人了

我只看见我，在井边稍作迟疑

也无人进入我的意境

和我一同品味"丹"字的命名之意

最后"我"也消失，小小的一座碑刻

丹——泉——还在无休止地，空茫地，自我名世

# 入寺

眼里无寺，无庙堂，无监狱
仅有石门立柱，居于孤独两侧
开元，仅留下一个遐想的名字
看来寺和我都同质，为石头
斑驳处，文字化去，点划无痕
昨日簇生青草，转瞬已枯
门内是半边山河，门外是半部残卷
我推空而入，云朵已旧
腓骨已经成为转动轴，成为隐痛
的发起点，和尊严的变异
恍然间发现肉身方才通过外门一重
内门尚有另一重，在台阶的绝顶
和意志力的危殆之处。滑膜
收藏了我绝密的病灶，所有人心
和我一样蓄满陈年积液，不化
不浸润，不吸附，不自证
此门空空如也，早已没有任何挂碍

实像阴影均无，从低处看
大唐的门匾已经悬在当代的诗题里
悬而不落，字迹放大，状如
椽书——开——元——被垂天之翼
托起凌空，我垂首而入
像个嫌犯不敢抬头。茫然间，我
不知错在哪里

# 一片羽毛的意义

天空中的鹊鸟和诗篇，无法捕获
内心的哀鸣，置换出去，才有意义

有个孩子，交给我一片羽毛，嘱我别丢了
我的遗失，才有意义

在这里，我无法看清命运的悬崖
有坠落的危险，飞翔才有意义

而我笨拙，无法飞翔
低头认输，苟活才有意义

忽然想起，羽毛是否已挣脱引力
进入孩子的中年迷境，今日才有意义

四十年前，我把羽毛交给诗歌妥善保管
现在，携小女儿登山，才有意义

# 进开元寺，惹尘埃

仿佛世界由灰组成

看得见的沉积和看不见的飘荡

共同形成了物质和非物质

我身体里也藏着一些灰，重量不详

没法向你告知数据

原本只有丁点

后来，母亲把星辰的细屑给我

命途把呛人的尘埃给我

我便觉得那些灰变多了，变重了

在我恍惚的诗意中飘忽

在我精神的喟叹里激荡

现在，我站在大风里，拼命裹紧衣衫

我不是怕冷，是担心

那些灰，一不小心就散了

我写过的所有句子中，只有

"寂灭"最像我现在的处境

慢慢把骨头磨成灰，把语言磨成灰

属于再生的那部分，我不要了

你若有心，读读我的旧诗

和诗里的常用词，我就会凝聚着自己

的那些灰，隐隐现世

# 立于危墙之下

宽阔的墙壁，摇摇欲坠，似乎我再想想未来

它顶部的砖块就会滑落

墙内屋宇老旧，封火墙

把明代和当代隔开，仿佛各是一个时空

某日我绕墙而入，想在清醒状态下

实现诗歌意义上的穿越

却陷进粮仓内，一片稻谷的陈年气息之中

我像一粒误入白话文的繁体字

封口，闭嘴，从陌生人的质问声中退出

当我写完一部《郁水谣》，便听说它已拆除

某日读书至此，老墙自毁大半

故我已经成为今我的遗址。再次进入

像一个攥脚印的人，在寻觅旧时魂灵

蹑手蹑脚来过，与患得患失来过

的是一个人。只不过作为那个少年的异日

我行将老迈，像在无端泪别

也像在致敬无能为力的青春

# 倒叙的小巷

这条小巷像一节松紧带，把老街和新街连起来

充满弹性，可放远，可拉进

把小镇变成一个既开放又封闭的容器

巷子边是老电影院，某个大年初一

我去看了武侠电影《康熙大闹五台山》

让我如今都还有一帧一帧的错觉，仿佛迷离的光

还在替我放映那个懵懂少年

滑石板街就是最后一帧，一排字幕引出了

荧幕上的河流，没有翻卷的声音

像片尾之后长长的沉寂，内心却在奔突

售票处的海报，早已换成了另一种上墙方式

写字的人成了书法家，昔日书风飘逸

如今法度谨严。我喜欢一次一次地穿过这个小巷

把自己一次一次地倒叙，实现逆生长

悲伤一点一点减少，病痛一点点消除

当我看到巷口天光乍泄，我便突然实现了我的诞生

# 寻找残絮中的一个形容词

眼有散光，需要一个形容词来聚焦

才能分清眼前的是芦苇，还是荻花，还是芭茅

中清河的步道，被飞絮掩映

令我尤其着迷于那绒毛挑起的半片阳光

退后一步，就能让出"虚幻"，对的

就是它的笼罩，令我侧开半个身子

让我属于草木枯的那一半，先行通过

# 赏大千先生画而自况

站在芭蕉树下，似乎身着长袍

你看

我的旧光阴里有多么迁延

我想

你实在是不愿再等这个头顶雨露的人

从阴暗的草木丛中

走出来，抖落身上的

训诂学残余

和超越繁复的异体字

其时我想

说的是大千先生的一幅画，他人筋骨

傲立于菊花之上

"诗书是腴"。我是瘦

枯和涩

我的思想是我身体的后院

哪一片适合种植

卑贱而又古典的芭蕉，在光洁细腻

的半生中

我是我的遗像

余生如款识，存在于空无中

# 秋风为枯荷梳头

秋风为枯荷梳头，发丝稀疏
她萎缩自身
只剩下骨气
浅水凝滞，天光无法下潜
斜阳只读到了毫无裂缝的表面
倦怠的小鸟，执黑先行
雪白的腹部绒毛
在歪斜的干莲子上轻轻抚慰
淤泥的多胞胎连成了藕节
用深处的空隙呼吸
像诗坛的我们，在底层
用相似的思想互通
整个深秋，万物都是守节的
枯涩美学令自省者惭愧莫名
这样的池塘，容下了
我的徘徊，视域里每一种
濒死的生灵，令我相信
——孤独是绝对的胜利

# 后江河

一块冷凝的绿脂，不容清风拂面

滑腻

让我怀疑今天

将会弄丢大量诗句

河面上找不到主旨和亟待描绘的

乌篷船，钓鱼人

退回到我的身体里。寒战袭击了我

一粒细沙已于初秋上岸

在静静地修撰自我成长史

大寒节前夜的巨大水系中

我像小片内湖

独坐成

一个小水洼。湖唇圆润地围着我

后江河平缓处

长着一张你的脸，而我

戴着我的面具

艺术手法也没法揭开

# 署名为佚名的戴胜鸟

以前我不知道这只鸟姓戴。全镇只有一家人姓戴

它是出走的女儿

还是归家的儿子，我无从判断

她见到我并不惊惶，轻巧地向我的语感里走去

像踩着无声的节奏回到

原本属于它的暗喻里

我路过戴家，曾经看见他们为天空开着门

这毫无关联的关联

让我涌起了更多怜爱和愉悦……它顶着羽冠走

而不是飞翔。走得气定神闲

以同类的视角望了望我。又继续走下去

它眼里这只姓张的鸟，崇拜过飞翔

却笨拙得再也扑腾不起来

我们之间见过，也没见过

像是佚名遇见无名，彼此都叫不出声来

追忆

旧时光纷纷落进

意念里

# 失踪的瓦

一片孤独的瓦，独自走向天空
微微翘起的姿势，有点骄傲
它，一直没有落下来
仿佛兀自反向而上
我的小镇上，一条柏木檩子
就能挽救这样一片绝世的瓦
当我站在瓦片之下
提前感受到了这个镇子
顶尖的碎裂。哦，不
这是一片圆满的瓦
在旧时光纷纷黏合的余生
绝不会掉落在我的意念里
某个夜晚，那片瓦终于消失了
像被闪电击中。第二天
我在院子里到处找不到碎片
一点瓦的踪影都没有
这证明了我的判断

有一种消失，是引力的消失

美或者爱，也是这样

# 废玻璃厂

烟囱早已不冒烟，却装满冬日的烟岚

天空无命，却终日呼吸

干净的下午，露出的瓦蓝打底

是真正的辽阔

顶尖的一块砖，决定了眼见为实的高度

也决定梦幻为虚的海拔

当时间作为盗窃者，取走它

另一块很快递补上去

我在最低的那块砖旁边，蹲伏

作为仰慕者，轻轻摩挲

并感觉到深空的那一块，被触动了

要不是借地的飞鸟

就是离地的我心，到了那里

这个被抛弃的孤独者

还要伫立到什么时候

才能像这个厂子的碎玻璃那样

解散自己，休息

这个问题，我已经想了二十年

# 废水泥厂

在小镇，唯一像是教堂的建筑

是水泥厂的厂房

高低错落，突兀孤绝的一簇

顶棚虽不圆润

却也差不多像是穹顶

我在这房子的底层吃过一年的食堂

白白的米饭加咸菜

是我的信仰和救赎

和满身灰尘的工人们一起

散乱稀疏地蹲在水泥烟雾中吞咽

搪瓷碗很快就空了

当我下完夜自习，在二楼开灯

昏黄的室内晃动着黑影

仅仅只是多出来一个安静的少年

整个厂区却像多出很多情节

现在也让我不断回味，不断虚构

这几年，每当我走过这里

都眼含泪花，仿佛一个忏悔的孩子
回来了。我就站在三十年前
默默地听我状告未来

# 纸厂遗址

我的麦草就是挑到这里卖掉的
据说会变成纸张
我从未能看到我的麦草的涅槃
以及成为经卷的样子
但是我祝福它们
每一根都能承载一个不简单的汉字
别是繁体字，会重一些
我的麦草都很轻盈
我就在纸厂旁边一公里外
小镇中学里读书
一捆麦草，几乎就可以拯救我一周
后来我家麦草卖完了
我就等着一张纸来救我
录取通知书，可能也是我家麦草
变幻而成的。如今
我对这个污染源的深切感激还在
只不过，我感激的
是残垣断壁和白日梦

# 秘香

暮晚，他起身出门

身体散发着菜油的气息

像小镇的香霭

在经过的道路上缭绕

他又提着一桶

残渣油回家了

而清亮的、纯净的

还密封在室内

他是那个为每条小巷

送去暗香的人

一个镇子，拥有榨油作坊

就拥有了香源

陌生人经过

都会不自觉地深呼吸

停下脚步，复吸一下的

是被香气俘虏的人

他的妻子，就是这样

# 摇架

悬挂起来的浆汁，被反复摇晃

一片白布提起的水凌空雀跃

转动，倾斜，水平面的变幻

产生了细浪般的弯曲

母亲将豆渣，留在布面上

晃成柔软的一团

像新生一个白白的婴儿

被草绳连接在梁柱上的两根柏木

发出木质的乐声

当我作为掌控者

双手紧握这个十字架的时候

突然觉得沉重起来

并不似母亲手下那般灵动

和命运一样，对想象力的摆布

是一种左右互补的平衡术

母亲，对此早已谙熟于心

却从未告诉过我们

# 自然枯萎

在你成为香茗的过程中，我最看重
你的自然枯萎
来自底部的清风不断轻轻吹拂
你有着小幅度的卷曲
很像是小姑娘酣睡时的抿嘴
慢慢的风干，其实是锁香，含苦
内蕴淳熙，把人情味
最大可能地挽留在薄薄的叶片上
数十个母亲，才能完成
对这些绿叶的掐尖
数十个晾槽，才能对全体枯萎负责
我在这个三合院里逡巡
企图发现它们消失的那部分润泽
对形成暮光有什么影响
看门的老人就死在这个春夏之交
他没能防住"枯萎"这个窃贼
但是啊，他一生凝聚起来的茶香
萦绕着厂房，久久不散

# 石灰窑

把石头煨热还是烧成灰
旧窑成为我毕生难以破解的隐喻
白是七种颜色的总和还是消失
我至今没有准确答案
灰烬是生命的结局还是开始
人们还在莫衷一是

人间是个问题，从不负责予以自解
火焰是个执法者，从不负责向我宣判

# 旧邮筒

邮筒黯淡，汉字的驿站更加安静了

有个动词子夜翻身

轻灵

试图去构成祝辞

邮筒在南方

诗神，可以从北方寄来安眠药

总有一句话

可令全镇进入梦境

这不再使用的绝世遗老，空间渐渐小了

有时候，美和幻想

都是垃圾，塞满了

人类自闭的容器。我已经开始相信量子

最不济也相信源代码

或数据

夜雨找到镇里唯一的邮筒

在里面泣不成声

而白雪来访，则平和了许多

# 铁开花便是光

我生平第一次见到铁屑像是烟灰

发白，和别的铁格格不入

而之前，我心里的铁匠铺

仅仅是一个元素周期表里的局部

那个极不情愿地打开门闩的老人

睡眼惺忪，似乎刚刚从火焰里醒来

缄口无言

仿佛刀锋和铧口，都与他无关

不管我是利器还是钝器

也不管我是三角铁还是方块铁

更对我散落成屑

视而不见

这样的早晨铁匠铺是温暖而沉静的

让我不愿离去

似乎还有一些卷曲，需要重击来校正

也似乎还有一些空洞

需要光芒来填充

最后我也没能看到炉火升腾和铁花四溅

他略带羞赧，无可炫耀

似乎像是二十年后的我

# 等待

你有没有过这样的等待

一个粉红的婴儿

被分娩出来

你惊喜莫名，又忐忑不安

还满怀期待，等着

第二个粉红的婴儿

温柔地滚落在稻草上

过了一阵，又一个

滑出来，拳头一样的

通透的身子自然舒展

……母亲仿佛并未阵痛

和痉挛，只是发出哼哼声

低沉，却有穿透晨曦的力量

第六个婴儿

终于也出来了

所有的孩子围着母亲肚腹

吮吸着各自的奶头

像是早有安排和调度
这时候，那在草屋里的生命盘
血水悬垂，闪着神迹的光
你是经历过这样等待的人
就会对畜生也满怀敬畏

# 木塞松动的声音

刚才，木塞确实跳动了一下

我把它取出，把玩

任由热气缭绕起来

小灵魂一样逃逸出去

然后把特别松软的木塞

摁一会，抠一会

一粒一粒地捏落

这个热水瓶就废了

干坏事的过程如此空灵

令我一生迷恋

特别是瓶口木塞松动的声音

轻微的"噗"

像自己的心意在微响

至今，我还能听见

# 搪瓷盅

母亲对这个搪瓷盅的态度

像考古学家对待古玩

偏偏父亲喜欢用它泡劣质茶

令母亲很是无奈

常常在临睡前清理茶叶

然后用毛巾擦拭

那绕着盅口旋转一圈的手艺

熟练得像是一门

文物复原术

茶垢尽去，白净的内容

复又空荡出来

静寂的冬夜，我感觉

搪瓷盅一直在盛装夜色

满盈到溢出的状态

黑漆漆的室内，就只有它

一直在自己发亮

令我迷蒙中感到有不灭的光

闭着眼睛也能发现
后来我终于睡着了
我确信，我和搪瓷盅
互相照见，持续了整整一夜

# 银手镯

母亲把存起来的硬币

打制成了一对手镯

两个儿媳妇一人一个

态度郑重

像是赐予一对银器

我取来看看

全无镍币的灰暗

通体银白，反光

抛上去落下来

会撞击出清脆的金属声

与纯银没有两样

我常想，母亲一定是骗我的

这分明就是她骄傲

而又贵重的合金

在难以买上养老险

的状态下，在俩儿子

都是清贫户的后半生

实在没有可出手的
这对赝品，不，真品
就是可以传家的宝贝了
多年后，思想的手镯
还在奇迹般破译人世
而骨血里的那点银
深深地净化了我们

# 羊的命名

凌晨，羊的蹲姿，并不意味着顺服

它站起来刨蹄子，也不是致敬

我的镇子，该醒了

晨曦中的太阳，最有资格做羊的胎记

衰草不认识自己的身份，而羊能准确命名

它甚至还认识草尖上的露水

悬置在时光那里叫嘀嗒，悬置在血脉那里叫叮咚

当我用假相迷惑一只羊，它能凭借体息

判断我与一株香樟树的区别

亲爱的人啊，当你看到我

跟着一群羊走进山林

请用最好的词语予我祝福

——去吧，寻找晚霞的孩子

# 麦子说

立秋的雨
抱紧了整个天空
她滋养的禾苗，如今泛出淡黄
完成了和大风的交接
如今，她要好好梳理头发
在雨中洗一洗

我提着铜壶
像一粒古代的麦子
寻找这巨大的醉意
和那隔山相望的草

我有足够的耐心
听完你和另一株禾苗的对话
也有足够的笔墨
把你写成
一枚篆字

走遍整个村庄，只有她

爱人，就爱到花粉里

恨人，就恨到醋酒里

# 民国的屋檐

老房子前倾身子，像是要占领悬崖外的虚空
瓦片悬于临界，你的来意可能令它坠落

下面是后照河碧潭，涟漪不知何所起
今日冬阳尚好，只有你内心的圆，可以扩展到低海拔

我若告诉你——屋檐水直接叩击河面
会是天意的转折和分流——你定会觉得可笑

而当高岭大雪，镇上的一排屋檐，接住那些缥缈
又改变它们的形态，降临人间的雪

变成辞别你的水——美变成冰凉，我该如何自处
于檐下？像古代遗忘一个生僻词

那么自然，那么必然
一切就消失了。奔赴未来的春水，宛如寂灭

# 老屋里的空笔筒

今晚，哲学里的尼采和神龛上的烛光

都是思考者

屋角的空笔筒

是思考者中空寂的那一位

混沌打开，暗夜照亮

文字的容量达到黯然神伤

毫毛之间

恍然并列着狼和羊

刀子无用便是倒立的笔锋

多数时候

刀刃也仅仅是一个思考者

昨日插入笔筒

如今不翼而飞。有人说这是红木

做成的念想。空着

只是为了表达你的疑虑

清空所有书写的可能，更有利于

守住自己的内圆

这首雕工有些粗糙的元诗
在我的凝视之下，用木质的
飞翔之羽，抵触了我的神思
让我不得继续将长夜镂空下去

# 废盐厂

骨架枯立。内里空荡。新生的雀鸟

可以穿过，试飞

绒毛簇新，仿若真有非世俗的美存在

在万人秘史的折角

滑翔

像在试验生命中的初次自由

厂房遗址大多变成菜地

蹲伏的人

比白菜还静默。似乎她以皱纹和痛楚

承接过二十世纪

一个主角，从大喜大悲的情节中退出

她老迈的身子则如"END"定格

在命数的最后一帧

从白雪之盐里，看出氟来

她得用赴死的心境，看到人世的另一面

天然盐水还在泼溅

她已然垂垂老矣。今日得闲

又可去新坍塌的厂房上扩展菜园

# 陶罐店

每次路过，它们都用自身弧顶

的闪光点看着我

在低矮的店里

极尽黯淡

却能精准地找到我的眼睛

和心动那一下

我相信它也这样

找到每一个路人，提示着

它可以完成醇香内蕴

将化学的甜

传递给我们的味蕾

它们像一众怡声下气的仆人

围在店主——我的表叔身边

每次我都要打声招呼

他会从久久的安静中，拔出来

迅捷地，灿烂地，笑着

陶罐大如长辈的适合做酒缸

小的精致如我
适合分装醪糟。我们都
携带着自身合适的香气
在各自的人世行走
偶尔，陶罐遇见陶罐
会用撞胸的庆祝方式
磕碰对方

# 武者与舞者

一个晃动的人影，似乎在打一套大洪拳
踢踏有声，大开大合，疾风拍打着凌晨五点的夜幕

忽而又打起了小洪拳，方寸之间，暗劲蓄势
胸藏出手的意思，手腕却似书法笔意

天色渐亮，他又操练板凳拳了，随手舞动
一条柏木凳子横打竖劈，像是在与虚空为敌

祖父幼年习武，每天都在抵抗着江湖浸染
而我兄长，幼年也这样习武

他不在文昌宫，而在水洞子外
再也没有盗贼和死敌，他的拳法更近于舞蹈

有时候我会早起偷偷看看，木凳最后停滞
在初露晨光中，剪影伸进了潘家崖上的深邃天穹

# 文昌宫内的葡萄园

祖父习武的文昌宫已坍塌，屋基上种植着葡萄
武气和文气都已经消失殆尽

接近中午，果园子内阳光将要穿透葡萄架
每一粒青皮葡萄都圆润地躺在自己的影子里

摘葡萄的老人姓陈，与我祖父拜过把子
他一边笑着说我文弱，一边把葡萄塞进我手里

我的误入，恰好满足了他的追忆
一个后辈的寂静，进入了更大的寂静

这相隔七十年的认出，这血脉里的孤傲
和遗传的谦卑，令我在一个老者面前

完全融合，完全分辨不出自己和张传礼有什么区别
我松弛地躺在他的营造的迷境中

园子万籁俱寂，葡萄里有体液在流动

向我的脸颊发出幽微的问候之声

# 卖菜的母亲路过文昌宫

文昌宫旁的石阶，陡峭，覆满青苔
没有决绝的心境是踩不踏实的

母亲不缺沉重，但她有些慌乱
中清河上的天空正在露白

她要赶在天亮前占领街边免费的菜摊位
于是赶急就滑倒了

满背篓的白菜滚落，根本来不及
阻止这种命运囧途上的四散逃逸

在她眼里，这些撒出去的分明就是硬币
是她的小儿子希望得到的一本诗刊

今天我踏上这条早已无人走的老路
青苔厚重，层层叠叠，却是不甚湿滑了

我踏上去，默念节奏，跃上顶级
再回头遥望身后的河流

对岸山峦形如狮子头，似乎蹚水而来
进入我的胸廓，不停地嘶声吼叫

而我害怕联想到更多，紧紧地
压抑着那个少年的我，仍瞬间崩溃泪涌

# 双石桥

双石桥，只有一座小小的石桥

单，何以名为双

石桥边的老宅，诞育了我父亲

如今只剩下

屋后的水井，日夜溢出

断代史枯竭

家族的连续性还像大地赐泉

小溪从丹砂矿的开采处发源

暗红色的水渍

一路吸附在石壁上

来到石桥下，水色渐渐清澈

却遭遇悬崖跌入中清河

站在桥上，可见东方的太阳

君临狮子山头

河谷的共鸣腔里有我少年的怒吼

一座暗桥

舒展地藏在你的明眸里

残破的那一座，先祖骨头砌成
踏上去，思想沉重
你会隐隐地感受到一个家族
在桥拱一样弓身死撑

# 露天电影

那个意外去世的人，有我们在月光下

代替他幸存

多么幸运

我是之一，而不是唯一

这么想着，他死亡的意义就是以一人的消失

换来众多人的铭记

孤星消失了，群星代替它活着

幸存者大多黯淡

却能将夜幕补缀得完美无缺

电影完场后我们沿着丹砂古道往回走

像是在更宽阔的荧幕现场

用回想叙事

只是谁是主演不重要了。群演中的卑微

如我者，依旧有配合

深山大梦的迷糊快乐

我幸存至今，充满感激

人世闭幕不过是卷起一道月光的白帘子

# 门环

铁的童年是晚清，作为颓唐帝国

诞育的双胞胎，铁

还在发育，铁未老，摆幅

深受空间局限，而振频

却实现了声音表达自由

铁的身体不可能和精神可能

完美地，结合在一个对称图案中

圆的逻辑线条，百年推演

答案并非闭关锁国，或是闭门谢客

环的语言高度，也不是

拜谒先贤，或是抢空我的内心

人作为抗氧化剂，经年不断

抚摸着铁的阳寿，让铁具有

无垠的未知。铁不死

死的是镣铐和刑具。永生的

双环，互相谦让

相敬如宾，只有在寂寞的时候

才用一条门缝互相分裂一下
旋即和好如初。两把硬骨头
握在你的手心，自鸣不已的颤抖
是它体会到了你神经元上的动静
通常，你我消失于茫茫
而月光常住在铁上，访客如雪者
来此暂避，也不过是为了躲躲雨

世态

零点零才是无限的辽阔

# 苦力马

他有一匹低眉顺眼的小马

习惯了陡峭

和负重

和浪漫主义的马不同，它没有沃野千里

终身不懂"驰骋"

他也不是一个驾驭骏马的骑手，笨拙

不会纵步上鞍鞯

水草不丰沛，马料不充足

一匹受局限的，野性尽失的马

变得像是一匹逆来顺受的骡子

他牵着马

穿过小镇的主街

驮着黄泥坡上需要的水泥，踢踏走过

将漫步，走成了大跨步

用两只脚，引领着四只脚

"挣钱了啊！""不，下苦力"

"马好！""不，苦力马"

他也像那匹马，隐忍，知进退

用谦逊回复所有人

一匹马为主，一个人为仆

在山坡蜿蜒小路上艰难上行

卸下重物时，苦力马轻扬尾鬃

像从极限运动中

缓过气来，任由苦力人轻拍自己的背脊

# 零点零才是无限的辽阔

老何视力不好，全世界在他的零点二里面

极小，又极大

老黄桷树倒了，他像个先知，率先赶去

用赋体语言凭吊

盐井挖出来了，他像个考古学者，深入汉代

像一粒脑心舒在甬道里穿梭

要是有人打碎了古墓里的一块砖，他会激愤

而泪流满面：伤了我老祖宗了，碎了我的先人了

要是从《新唐书》或是《旧唐书》里

发现小镇的蛛丝马迹，他会开心得睡在书堆里

仿佛复活的古文字，附身

要是他终于看到唐代的墓碑，上面写着

——大唐显庆四年，长孙无忌墓

他会眯缝着眼，脸颊贴近石面

整个大唐盛世，就在他的零点二里面了

接近失明对于文物工作者多么残酷

却将慧心无限放大。因为虔诚，他天然无视

因为实诚，他眼见为虚

他身体最澄澈的部分趋近为零了，可他

最庞大的灵魂系统还在不断发育

时间逆流而回，常常带着敬畏穿越回到古代

而肉身在逐渐寂灭，他将在不断变幻的生产关系中

换着不同的方式活着。九州山河

一孔人间：请赐我零点零的无限辽阔

# 孝歌师

他总在无人的时候翕动嘴唇，近乎无声

这胸腹里的唱词

低回，哀声无声

调子在想象力里慢慢扬起，又渊薮一般下滑

山中凌晨寒霜之气

吸入肺腑，像有新的魂魄前来

等候他的一声清唱

"青竹马，苦竹尖，超渡亡魂到西天。"

他这样只能用唇形来展示的

练唱已经四十年了。今晨是《卖身葬父》

他已经在镇上劝孝多场

大多内容谙熟于心，只有"为奴"的"奴"字

总不能做到字正腔圆

悲苦之音，难以穷尽叙述，只能

依靠沉闷的鼓乐来完成言外之意

晨曦初露，人们倦意沉沉

黑鸟在枯枝上，不知是否也有梦境

他有些沙哑，天帝之女的锦缎逐渐铺满穹庐

从唱本的汉字幻化为漫天油彩

锣声一下，戛然而止

竹马微动，轻风将这阳世的喻体一遍一遍地吹拂

# 剪刀雪亮宛如神迹

董太婆既是接生婆，又是入殓师
她有一把锋利的剪刀，寒光闪闪
习惯在丰腴的冬春之交
剪断缠绕在孩子脖颈上的脐带
自从镇上有了正规的人民医院
和宽阔的太平间
那把剪刀就失去了走门串户的意义
多年后，她的孙子成为了发艺师
明眸皓齿，像个贵公子
只有手指习惯性张开的动作
会暴露身份。他的世界里
仿佛随时有一把虚幻的剪刀
在小镇上剪除芜杂，切断牵绊
奶奶那把掌管诞生和死亡的剪刀
一家人的圣物，如同传家至宝
在镇子边缘的吊脚楼里，隐忍
而又隐秘地封存着，锋芒内敛

藏起了自己饮血的生命之光
他自己，就是从这把剪刀下出生的
这一柄神迹，从木匣子里
小心翼翼打开的时候，他便仿佛
看到人影绰绰，头顶天光
朝他微笑着，缓缓走来

# 平錾对石头的叙述

这把平錾侧锋，轻轻一敲

就会带起石屑纷飞

刻出汉字的痕迹来

从小，我就深受这种书法的启蒙

不在宣纸上，不在绢布上

而在坚实的石灰石上

外公教我刻好：恩深显考

或者：恩深显妣。尤其是

"之位"的"之"字，笔划少

而笔意难以掌控，刀法

难以把握。我得极尽安详

极尽宁静，而又极尽灵动

才能把收尾一捺的一波三折

镌刻出来。像是在单纯的意境里

刻上美和善，刻上虔敬和祝福

这把錾子终于停止工作了

躺在东方红桥头的老屋里

今冬我想起外公，这位铁质

和石质的石匠，取出平錾

用手指轻触锋刃，些许锈迹被拭擦掉

露出用熟铁写字和造型的本相来

稍稍钝了的那点尖角，似乎刚用线条

叙述完一场"二十四孝"的故事

令我凝神静听，那风雷隐隐的教诲之声

# 贴纸胡子的老人

几个老人在玩骨牌，贴胡子

谁输了就自己撕张纸条

蘸了口水，黏在下巴上

十几岁的少年路过

坐在门前石鼓上，看谁的白胡子多

谁的滑稽，谁的像山羊

又一日，我累了，也坐在石鼓上

看这些老头贴纸胡子

谁耍赖，谁羞赧，谁最终输到

被点燃下巴上的纸条

火光起处，像簇拥出一个

慵懒的神仙，也像是镇子上

有极其精细和缓慢的时光

适宜每一个人涅槃

当火苗即将卷席皮肤

赢得整个黄昏的那一位

会伸手拍击火焰，像在掌击

失败的人生，也像在安慰
日益逼近的死亡幻觉
我从那名少年变成如今的归来者
身有隐疾，内心彷徨
在三十年后，忽然得到了救赎
和提点。眼前这帮老人
显然已经是另一批了
看那憨厚的还是那般老实
狡黠的还是那般聪慧
仿佛从来就没换过人，也仿佛
他们已经在镇上获得了再生

# 讲故事的挑夫

坐在大青石上歇息的挑夫

讲的是书生进京赶考

到中途却戛然而止

结局还在镇上傅家的《聊斋》里

他得第二天翻阅后再来

为我们这群孩子，续上

终于，挑夫再也没来

我们在大青石上空等了几天

书生和狐狸相爱的下场

我是十年后在书里读到的

那时候，我们这些小娃儿

从关于挑夫的传说中

记住了一个鬼魅般的词：癌症

那是一种神奇的消失

就像杳无踪迹的

——故事的后半部分

# 口技

冬至的林荫道上听到布谷鸟叫声
背手踱步的老者是送来春讯的人
他的口技为我描绘虚构的生灵
自己慢悠悠穿行在人流中旁若无人
我也曾在林中反复模仿鸟语
终究未能练成，神秘不是技艺
是人的肉体上，出走的隐喻
我在这里巧遇一场悠远的口述
仿佛是置身空灵的无人小镇
我也像他那样，有一片天空
作为临时居所，仰着头
沿着颈椎的碎裂声一节一节爬升
而我们的常住地址，是眼皮
当鸟声渐远，便无意识地闭上眼睛

# 角色转换

环卫工刘阿姨

一到秋天就扫落叶，一到冬天就扫雪

像我那样照顾时令

的柔软事物和弱者。她是文盲

却最像是诗人，每天

从一道拐，扫到九道拐

像在清理镇子边的那条小肠

把通村的公路

从苍茫中拯救出来

每次我经过这里

都像是在她的诗行里漫步

一直走，进入她的留白中

在九道拐上怅寥廓一阵

然后抄近道下山，在秋天里

写满身草针。在冬天里，写遍地雪粉

# 女剃头匠

一栋老建筑的过道上
手艺娴熟的剃头匠
是一个女胖子
我要从这里借道而过
去河边玩耍
她总会笑眯眯地侧身
让我通过
好像她从未注意到
我头上乱蓬蓬的长发
也从未让我
去她那里花费五毛钱
三十年过去了
她早已不知所踪
这里早已夷为平地
我突然想去理发
她应该有暮光中的铺子
逼仄，我过去的时候

她的亡灵微微侧身
今天，我要坐下来
任由黄昏的刀锋剃度头颅
宿命的过道里，把芜杂的灵魂
缓缓地，剪裁一次

# 冉先生

石板街上的冉先生，人很敦厚

肥实，身躯傲岸

书法却像温婉女子一般柔性

他写碑序喜欢用草书

流畅的线条，真的像是叙事

苦难叙事

也会成为表象的唯美

我去拜访过他

发现他还是技艺精湛的装裱师

一把鬃刷子，在他手腕下

裱糊出河流一般的兴味来

涓涓不息，宛若泼墨

今冬我从他家经过

发现房门紧闭，透过窗子

可看见泛黄的条幅悬挂在堂屋

有一些轻微的晃动

一群孩子刚从老年协会的幼儿园

放学经过，突然喧闹起来
令我仿佛置身两个世纪
作为消失和存在的中间人
我愣在那里，无人明白我的感伤
拜访冉先生终于也需预约了
只是我还没定好奔赴的时间

# 同名者

借宿在水泥厂的时候，我和他住在一层楼
有人唤时，两人常常同时答应

我和同名者常常在走道里碰面
各自的微笑声就是打招呼

他是苦力工人，我是初中学生
多年后，他是下岗工人，我是文字苦役

再也没有见过面，没有尴尬一笑
我们都知道自己的名字意味着什么

两种命运，被相同命名
被安排在相同的时间里

像上天布置两枚黯淡的无名星
在我的眼眶里见一面

# 母婴店

有时她会在人字梯的顶上静坐，不取货
只出神。她喜欢双脚下垂

那微微的
悬空的感觉

她太矮，太看不起自己，她对高度恐惧
而又着迷

所以她，喜欢那架人字梯，喜欢客人
叫卖货柜顶部的乳糖酶

她爬上滑下，在逼仄的五个平方里
表演空中翻腾

客人进入这母婴店，往往空空无人
她在高处，张着摄像头一般的眼睛

# 在书店播放寻梦环游记片段

这是一个金色的午后

我们错入经卷和册页组成的多维空间

屏幕上播放着亡灵世界

那里满是音乐和祝福

骷髅脸上嵌着深邃而灵动的眼珠

米格尔发现了生命的另一世界

像肉体活着一样精彩

共同构成爱的圆满

在这两个世界之间穿梭的密道

需要音符的密码来打开

我们确乎在另一种生命秩序里游走

又重新回到满是书香的当下空间

摁了摁自己，像是摁住一粒汉字

泥质的思想便显出了凹痕

死亡将是我最后的辽阔

那么柔软啊，宛若蓝天

被修改，并披上暮色的大氅

# 对唇腭裂语言的转译

要不是唇腭裂，他会是个演说家

咬字困难一点也阻止不了他的表达

"爱窝"是"二哥"，那是叫我

他会从我的穿着、面色和动作

判断我今年的状态。"揾耒嗷哦"

他是夸我"混得好"。但是

"爱瘦了"，他是说我"太瘦了"

我们表兄弟俩会心一笑

"身体是本盐"，他继续开示我

我们俩在外公的坟前跪着烧纸钱的时候

他说："爱公，来，收盐。"

火光中，他肃穆的脸如此完整

没有时代的缝隙，也没有贫困的伤痕

今天要是来得及进行一场手术

他会清晰地叫一声："外公，随便花。"

火光寂灭，坟头成为剪影

他闭嘴，巨大的沉默，我该怎么翻译

隐藏的忧伤，我该怎么转述
故乡暴露了我多种无能，面对人世错谬
我无力修复，是无能中的无能
然而他率先笑了起来，不明缘由
包不住的牙齿露得更多了
逼近的夜色中，如此洁白
像它自带的光芒，照痛了我

# 滕先生

先生师法唐颜，庄重，适宜墓碑

公墓山上的字迹，大多滕体

我少年轻狂，不知敦厚为书中上法

先生八十有余，我去求字

希望得到他的草书

先生思忖片刻，四字楷书赠我

——厚德载物，而后化楷为行

又四字赠我：上善若水

而我苦求草书不得。"我不会草书"

他谦逊地说。我见过他的颜式草法变体

此话显是让我闭嘴。我渴盼的

是"行云流水"四字，那时候迷信武侠

崇拜逍遥，怎知先生历经磨难

而臻达行稳致远。我终究

没能自己写好这四个飘忽的字

而常年囿于平庸，忽想起先生身骨硬朗

宛如碑立，所有致敬死亡的字迹

都是他的另一幻影，或曰灵魂

三十年后，我渐渐接受了朴拙，只是

不再练习书法，转而写浅薄的诗

去年我发现先生临江的老屋坍塌不少

室内早已不见悬挂满壁的竖幅横框

可那如山岳立定的站姿还在

可他雍容，而我瘦削，立于世的气度

我始终无法临摹。他写碑的心境

我也试图在镇上模仿过

他缓慢而凝重，我快捷而轻灵

笔法心法都不在一处，只有我追随而去

的决绝，和他似乎是一样的

# 地砖颂

他的小木槌发出沉实的叩击

有了强弱强弱弱的优美节奏

而后一串若有若无的轻灵声音

是在将瓷砖调节到吻合的水平

他的手艺是：一粒露珠滴在砖面中央

绝不滑动和偏移。这近乎

绝对的平面，是知天命的领悟

和奔花甲时内心的宁静

而她跟在他身后，配合默契

将蒙尘的砖面用毛巾拭擦到光洁

直到倒影出两个蹲伏的人影

像是一个苦行僧，领着一个信徒

在缓慢地，一步一叩地挪移

大片地面有了初露端倪的光芒

一块瓷砖镶着另一块，许多块

连成幻境，每一块之间不能咬死

要留着适当的缝隙，为可能的磕碰

留出余地
而她得用女性最为细腻的心思
为它们勾缝，白粉成泥
她的手指轻盈地拭擦而过
划出细若游丝的洁净凹痕
这一对劳工，像他们铺就的客厅那样
瓷实、平稳和闪亮，而去年
突然就退出了修行。河滨路上
多了一双昏定晨省的夫妻
依旧紧密，像在更辽阔的大厅信步

# 小郭变成的老郭

作为十年前一部科幻片的男二号

我在都市的存在形态

是几何图形

数据集成

和上天眼里的移动符号

奔忙和挪移

都会成为资料镜头被直接截取

回到镇子,我又恢复

到当下,真身从烧脑的叙述中

回到古镇缓慢的剧情片中

我成为未来一部片子的叙事

原型。晃晃悠悠

获得了血型、脉搏和基因

病毒进入冰川

我用诗歌封印着自我的狂躁

今日在滑石板街

遇到多年前辞职不再教书的老郭

一个多年杳无音信的同学

他白发轻扬，仿佛从

地下城中回来

我辨认了一下，这是多次

在虚幻中和我演过对手戏的

主角。现在，这个名叫郁山的镇子

成为我们的量子时空传送站

不知道是哲学还是动力学

输送了我们，也不知道散逸

而无边的信息，被谁截获，重组

将这两个逐渐老去的人

复原成血肉之躯

以至于我们握着手，恨不得

把两个人合成一个

# 钟表修理摊

戴着二手上海牌手表的少年

站在停止的秒针上

惆怅

刻度精确标注的轮回

到险路

就不再前进

九十年代有忧郁的美感

容易被穷困掩盖

无法言喻的气质

在我身上逆时针反拨，就可以看见

所以啊，你

还可以在如今的镇上

看见几个钟表修理摊，他们

心无旁骛，静伏

用镊子在精密的机械齿轮里

挑出丁点错谬来

就像这三十年来，极其细微

的过失，需要放大镜救赎
有时候盯得久了
尚未想起何以罪己，便早早
迷糊了双眼

# 赶集

我们反弓身子，以崇拜高处的姿势

看云朵盘踞在尖峰岭

黑鹰蛰伏在道师崖

阳光落在你身体的仰角内

令你前胸有些漫漶

有人说：看，野山坡

几片稀疏的马尾松，陷落于

大片大片的丝茅草中

白白的草色，反射着秋日的天光

逼出了我们的眼泪

有一个蹒跚的人，从坡上下来

走完上一个"之"字

站在下一个"之"字顶端

那"点"的位置上

歇息，抽草烟

像是造山运动中推举出的人

陷入古代的沉寂

这样来赶集的人寥寥无几了
晴好的上午，我们连续
看到几粒黑点，从九道拐
移动下来。镇子的农贸市场
有了稀稀落落询价的声音

# 一个新妇牵着水墨狗走过街道

她用主仆关系，牵着一条水墨狗

黑白线条勾勒

三蹄着地，一蹄起势在空中

没有绳索

不受新条例的规制。我的小镇

比最新的律法晚发育十年

小背篓被晨曦上色得有些过分

昨晚深绿，今晨变得靛蓝。而我不想

只向你描绘画面。她

一个新妇，穿过今日，2011 年的街道

我用纸本之身

回到绢布时代。她浑然不觉自己

是在画中立体行走，回眸时

我巨大的留白被看见

宽阔如一个时代。她不疾不徐地

走进石桥的曲线里了

低眉顺眼的忠犬，把墨迹

进行到底，直到走出虚拟画框

的边缘，消失在古意中

# 脑瘫少年

向放学回家的我致以问候，而我以为他是在呵斥
他试图接近我，而我迅捷逃遁
现在，是我向他致以问候了
却口齿不清，发音困难，仿佛我才是脑瘫多年
而他明白我的意思，总能接住我的下半句
或找出一个准确的词，替我续上
有时候，他远远地和我互相招呼
他有一个巨大的共鸣腔，体内外都回荡着
善的声音。想说的话没有说出
积蓄多了就成了疾病。我看他晃荡着脑袋
用最柔软的言外之意道出：拜年了

# 烤三角粑的女人

缓慢移动的液体黄金

在火焰的炙烤下，变成了松软的固体黄金

一块三角粑

具有了灼人的颜色

她能从这种灿烂的变化中，看出

黄金的矢量来

内心的加速度，和切割的力

都恰到好处，三十年如一日

她是我同学的母亲

在小镇的繁华街道边，摆着小摊

不叫卖，不乞怜

不向路人阐释味道和色泽

从烧炭火，到自动电烤，她完成了

生产线的数次更新换代

可她自身，那种平民的雍容之美

从来就没变过

而我总是想起少年时路过

不敢买一块三角粑的心情

——太美了，仿佛不属于这个镇子

不属于我能理解的人世

# 小镇上的扫码生活

小镇也过上了扫码生活，这让我做古人
的决定，变成了念头
几乎每个人，都有一个陌生的黑码
匹配着数据化的人生
有时候手机无端黑屏，我竟然无比惶恐
生怕另一个我，无法存活
后来我去手机维修店换了屏幕
勉强把那个我救活了
看触屏忽而变黄，忽而变红，再也没有了
初见时的稳定和清晰
甚至出现细密的竖线，像在
提示着我：中年的困境，被束缚
被规定，被自由抛弃
幻境中，无数个二维码和条纹码凌乱出现
再也无法理清，无法扫描
也没有真正干净的空间，容我
随意使用想象力和修辞手法。常常

手指潜意识摁下，似乎有一键还原
到蒙昧时代，到纯真的野生

# 加工面条的青年

从冰冷的钢铁里取出柔软的面条来

掌控者

心里满是丝绸，和经纬

心无旁骛，连惊喜

和关于爱情的遐想都没有

膜拜者

屈身而前，只服膺于牵连不断的

充满韧劲的

毫无人类参与的

天成的，故事情节

他轰鸣过，而后是漫长的平静

钢铁内部倾轧

的声音细微，他全然不予理会

他醉心于时间的条分缕析

一丝一丝地

把暮光分开，悬挂在夕阳的正面

简直就是天地间

近乎幻象的流苏

他的丝路，连起来，可以连接

最为深远的存在

他一直在抵达，但从未抵达

# 算命先生转行记

足三里在中年的疼点那里，而涌泉

不是穴，是

运气走到底，隐身于

人类暗藏的足弓

诗人的经络有内在的节奏感

拿捏一下

像是文辞的韵脚

在黄夜隐秘地行走

小镇上有手法生疏的按摩师

他去年还在巷子深处

替人掐算八字

像一个心理咨询师，如今

变成身体调理师

他远离典籍的光芒，却在易经

的画地为牢中

活出滋味来

像我这样，他一生向内

在他者枯涸的后背上，疏浚出一条河流
而我的流淌，才刚刚开始

# 卖梅花的老者

小巷是连通器，全镇的整体性
通过这些开放空间形成
最逼仄的地方
仅容一个身子通过
而无形的香气贯通无阻，从街头，到巷尾
低调地流行着
像是在冰冷的冬天，替千年古镇
舒筋活血，打开死胡同
穿透青苔巷
有时候你会看见老人佝偻着
背着大寒的女儿们在最僻静的角落行走
花瓣轻扬，像你的眼皮在抖动
这时候你会怀疑
他能否把香气卖完
每年这个时节的一个仪式，是用清贫
的花色，隐隐祷祝
花香馥郁的久远
后来他背着残枝回家，余生
还有少许余额，而黄昏，已经被他售罄

# 端着甑子的婶娘

熟透的木头更加谦逊了，它特有的木纹亮色

已经被水蒸气淡化

熟透的篾条更加低调了，它引以为傲的坚实

现在变成了柔软

双手箍紧整个大甑子的婶娘

更加肃穆了，整天都在唠嗑的她，此刻噤声

在露天院坝稳重地穿行，密不透气的杉木片

紧贴着她的左心房和右心房

揭开甑子的瞬间，她看见，恰当的蓬松

是米粒内部的秘密，潜藏在

数十年的火候和工艺里

她熟悉这个甑子，不能太过空荡

和长久的搁置，木隙走气米饭蒸不熟

而水与火的调配，是朴拙到顶级的神乎其技

甑子用自身匹配的刻度

将半生隐没在清澈的头水中，被火苗触动

被火焰顶举，被火炭保持
婶娘坐在火塘边，和甑子一起
形成了这个冬天滚烫的慈悲